布鲁克在阿坝

[英] 福格森 著
卓嘎 红音 译

西南交通大学出版社
·成都·

图书在版编目（CIP）数据

布鲁克在阿坝 /（英）福格森著；卓嘎，红音译. 一成都：西南交通大学出版社，2018.11（2020.4 重印）
ISBN 978-7-5643-6489-2

Ⅰ. ①布… Ⅱ. ①福… ②卓… ③红… Ⅲ. ①日记 – 作品集 – 英语 – 现代 Ⅳ. ①I561.65

中国版本图书馆 CIP 数据核字（2018）第 230726 号

布鲁克在阿坝

[英]福格森 著

卓嘎 红音 译

责 任 编 辑	杨岳峰
助 理 编 辑	居碧娟
封 面 设 计	南鼎堂书社
出 版 发 行	西南交通大学出版社 （四川省成都市金牛区二环路北一段 111 号 西南交通大学创新大厦 21 楼）
发行部电话	028-87600564　028-87600533
邮 政 编 码	610031
网　　　　址	http://www.xnjdcbs.com
印　　　　刷	成都蜀通印务有限责任公司
成 品 尺 寸	165 mm × 240 mm
印　　　　张	9.25　插页：2
字　　　　数	120 千
版　　　　次	2018 年 11 月第 1 版
印　　　　次	2020 年 4 月第 2 次
书　　　　号	ISBN 978-7-5643-6489-2
定　　　　价	39.00 元

图书如有印装质量问题　本社负责退换
版权所有　盗版必究　举报电话：028-87600562

编委会

主　任：葛　宁
副主任：陈顺清
编　委：杨贵海　陈　康
编　务：罗　军　胡兴莲

序

2004年，我受美国国务院新闻文化处邀请，去美国考察。那是一次丰富而漫长的旅行。华盛顿、弗吉尼亚、印第安纳、纽约。我在纽约访问哥伦比亚大学，访问一些侨居的藏人，参观一些西藏文物的公共机构或私人收藏。然后，再去往波士顿和夏威夷。

有一天回酒店，前台给我一封信。这其实是一张便条。留便条的红音，我教中学时候的一个女学生。我知道她中学毕业后上了西南民院，学的是有关藏学的专业。以后，就不知道她去了哪里。现在，她在纽约给我留了一张便条，说来访不遇，并约了时间要再来看望。后来，她来了。才知道，她从西南民院研究生毕业后，回了我们共同的老家阿坝州工作。后来考入哥伦比亚大学深造两年，学习公共管理。了解到她的这些情况，作为曾经的老师，知道还有学生一直追求学问，心里还是很欣慰的。

那时，她问我学习之外还可以做些什么。我让她留意一下资料的搜集。具体而言，从清末到民国，曾经有一些西方探险家在中国西部探险考察时到过我们的家乡阿坝。如果能找到这些当年的文字纪录，对于地方史的研究，一定有很大的用处。

这次相见，红音还带着她的女儿卓嘎。她在哥伦比亚大学攻读公共管理硕士，女儿在美国读七年级。我觉得这是一个很好的事情。尤其是我们家乡那样封闭的小地方的人，以这样的方式出来看看世界，体验世界，真是再好不过的一件事情。

我有些记不起卓嘎的样子了，却记得她的礼貌和羞涩。

过了几年，红音又出现了。那时她已经回国，在黄龙风景区管理局当领导。她来成都，带来了一部书稿，是一位名叫伊莎贝拉·伯德英国女士所写的书。这是一位颇具传奇色彩的女性，自幼体弱多病，而她强健身体的方法居然是探险旅行。她到过美洲、夏威夷、朝鲜和中国。红音带来的这部书稿，就是她在美国上学期间在哥伦比亚大学东亚图书馆找到的伊莎贝拉在中国的旅行游记。她把这本书的后半部分译出，命名为《伊莎贝拉在阿坝：1896年伊莎贝拉在四川西北部汶川、理县、马尔康梭磨旅行游记》。这当然让我发生浓厚的兴趣。汶川、理县都是我故乡阿坝州的一部分。马尔康这个县，梭磨这个乡是我更具体的故乡。伊莎贝拉前往探询的时候，还是清末的土司时代。她一路以科学态度记录的行程、地理、社会状况，更是今天研究这一地区地方史弥足珍贵的史料，有填补空白的作用。这本书后来由四川民族出版社出版。

今年初，红音又来了。

她又带来了一份十来万字的打印稿。又是一部外国探险家写的关于阿坝的书。不过，这回的翻译者是她的女儿卓嘎。那位我在纽约见过一面的小姑娘卓嘎。很高兴她已经是一个有文化志向、愿意为地方文化建设做点切实工作的译者了。

这本书的作者布鲁克，英国陆军中尉，1902年辞去军职。1903年赴东非探险，1904年返回英国，成为英国皇家地理学会会员。1908年3月至7月，在英国人W.N.福格森和C.H.米尔斯的陪同下，布鲁克来到四川西北部，即今阿坝藏族羌族自治州、甘孜藏族自治州，先后到了今汶川、理县、马尔康和金川、丹巴、道孚等地。1908年11月24日，布鲁克被杀身亡。之后，由W.N.福格森在布鲁克日记的基础上，结合他本人于1903年至1907年在四川西北部旅行的经历和C.H.米尔斯的日记，写成旅行游记《在青藏高原的探险、狩猎之旅》一书，于1911年出版。

《布鲁克在阿坝》重点翻译布鲁克一行在阿坝州、甘孜州境内旅行的内容，分别是"从成都到汶川、瓦寺狩猎、猎捕盘羊、猎捕鬣羚、猎捕扭角羚、前往梭磨、前往绰斯甲的旅行、穿越未经探访的草地、前往玉科草原、两金川"，共计十个章节。

该书除了对布鲁克一行狩猎活动的记录，其中对百年前藏、羌村寨以及当地宗教、历史、文化等方面的记载，甚至大篇幅的对百年前川西北高原动物、植物生存状态的记录，都是具有相当价值的史料。

比如对珍稀野生动物金丝猴的记录："这些猴子非同一

般，独具特色。它们拥有亮蓝色的脸庞和深棕色的眼睛，它们的鼻子像一只只亮蓝色的蝴蝶张开翅膀停靠在它们的脸庞上。"

这是我所见到的对川金丝猴最早的记录。

比如对清朝在当地实行的土屯兵制的记录："在这里，每个家庭的一名成员必须时刻准备着为中央王朝出征打仗。在和平时期，他们的年饷大约为5先令，一旦出征打仗，则可以得到15先令的月饷。这里有5个这样的军营。"这个地区的屯兵在有清一朝，确实有听朝廷号令应召出征的传统。他们曾经参加过清朝反击尼泊尔入侵西藏的战争，也远赴浙江沿海，参加过反击英国侵略军的鸦片战争。这是我第一次看到关于他们兵饷数量的记录。

我更感兴趣的是这本书中写到了我出生的那个村庄：马塘。在没有公路之前，那里是一个茶马古道上的驿站。有了公路以后，商旅断绝，在我出生以前，就已经变成了一个农耕的村庄。

"翻过垭口下行2500英尺，行走约4英里后，我们到达马塘。马塘是一个衰落的小型贸易站点，商队驮运的茶叶都存放在这里。马塘也是来自康猫河上游以及阿坝的部分藏人经商的地方。"

书中还提到了我老家村子背靠的那座雪山。从小我听到的这座山的名字是鹧鸪山。路标上这样写着。地图上也这样印着。但我一直怀疑这个名字的准确性。因为鹧鸪似乎不是高原的常见鸟类，人们何以要用它来命名一座雪山？

这也在书中找到了答案："准备翻越吃苦山。当大雪覆盖山坡后，行走在通往山顶的路上的确非常艰难，说'吃苦山'一点也不为过，据说冬季的时候有不少人死在山上。"原来如此，是后来喜欢风雅的什么人，把"吃苦"换成了谐音的"鹧鸪"。做了这种巧妙转换的是什么人呢？可能是书中写到的这样的人："我们到达后过了一个半小时，从西边赶来一位委员，他是被四川总督派来发展教育的。他的任务是在这些地区建立学习汉文的学校。他趾高气扬地走在路上，这让当地人非常反感。"这样的人肯定读过"山深闻鹧鸪"这类的诗句。而对于那些转运货物的背伕和驮脚汉来说，爬向这座海拔三千多米的雪山就是吃苦。我想，不必再举什么例子来说明这本书对于研究地方史的价值了。布鲁克此行还拍摄了数十张照片。我的某本书里，就夹着一张此人当年拍摄的一丛盛开着满树白色繁花的卵果蔷薇的照片。布鲁克拍摄的照片，一些附在书中，内容包括：岷江大峡谷、汶川索桥、瓦寺第二十二代土司索代兴、索代兴与其子索观瀛、汶川猎人、盘羊和鬣羚等野生动物、地方守备及其家人、黑水铁匠、碉楼、悬臂桥、卓克基土司官寨、松岗土司官寨、党坝土司官寨、革什扎土司官寨等。其中一些照片在原版书中也没有收录。据说，为配合这本译著的出版，卓嘎已从英国皇家地理学会得到使用授权。那么，这部书就更值得我们期待了。

　　作为卓嘎母亲的老师，我要对红音和卓嘎母女的工作表示支持与赞许。作为阿坝老乡，我要对卓嘎这本译稿的完成表示祝贺！

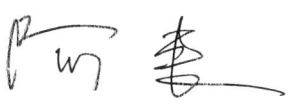

2018 年 10 月

目录

第一章　从成都到汶川　　　　　　1
第二章　瓦寺狩猎　　　　　　　　15
第三章　猎捕盘羊　　　　　　　　29
第四章　猎捕鬣羚　　　　　　　　39
第五章　猎捕扭角羚　　　　　　　49
第六章　前往梭磨　　　　　　　　69
第七章　前往绰斯甲的旅行　　　　89
第八章　穿越未经探访的草地　　　105
第九章　前往玉科草原　　　　　　115
第十章　两金川　　　　　　　　　127

第一章
从成都到汶川

第二天（1908年2月），布鲁克（Brooke）和米尔斯（Meares）先生前往拜访英王陛下代理总领事福克斯（Fox）先生，与其谈论他们想去旅行的地方。福克斯先生并没能提供更多的信息。

当日下午，布鲁克和米尔斯先生来到笔者的住处。我们在上海以西2000英里[①]的成都，我们在传教士的简易小屋一边喝茶，一边聊着部族人[②]之地。两位客人历经在中国境内的漫长旅行，这里没有制作糕点的便利条件，极少有机会品尝到家庭自制的面包和黄油，虽然他们非常喜欢中餐，但是能在下午5点的成都，惬意地喝着下午茶，吃着蛋糕、面包和黄油，他们感到非常满足。

我们谈到那里的人们以及他们的地区。通过谈话我感觉到，当布鲁克和米尔斯先生谈到打猎时兴致盎然，异常兴奋，他们非常渴望到大山里猎捕大猎物，于是我承诺把瓦寺[③]（Wassu）的索土司[④]（So Tussu）介绍给他们。瓦寺地区有不少大猎物。这些部族人是非常优秀的猎手。一年中，他们除了有一个月用于播种、一个月用于收割粮食（这也是一年中农活收尾的季节），其余大部分时间都在高山峻岭中追捕猎物。

---

① 1英里=1609.344米。
② 原文为"蛮子"（Mantze），中华人民共和国成立前对少数民族的蔑称，具体指今嘉绒藏族，译稿中统一改为"部族人"。
③ 瓦寺，今四川省阿坝藏族羌族自治州（简称"阿坝州"）汶川县境内。
④ 指第二十二代瓦寺土司索代兴。

春播和秋收的时候，土司不得不发布令文，要求辖区内的所有人不得外出，必须待在地里干农活。

这次来到中国后，我还未曾请一天假出外打猎消遣，我决定与他们同行，到瓦寺的大森林去打猎两周。

他们在成都待了几天，为狩猎之旅做准备。他们雇用了苦力。为了尽量减轻行李的重量，他们重新打包行李。他们即将前往的地区山高路险，运输困难。他们希望把问题和抱怨解决在萌芽状态。我尽力帮助他们，为他们物色了一名非常优秀的苦力头儿。对于这样的探险，拥有一名出色的领头人至关重要。

苦力头儿负责指挥所有的苦力。他要安排苦力的工作时间，支付

放牧水牛

工钱。同时，在路途中，如果某个苦力掉队，或是偷懒（常常会出现），就需要苦力头儿在路上雇佣新的成员替换他们。这样的探险能否成功，完全取决于对苦力的掌控。如果失控，他们不仅会妨碍探险之旅的进程，而且会使整个旅行极不愉快，甚至可能把整个团队拖入非常危险的境地。

当你决定踏入艰险的山区，开始一段漫长的旅行时，最明智的做法是让苦力背负的行李比通常在大路上背负的行李轻10至20磅①。这样的话，苦力一天便能在轻松愉快的情况下负重行走30英里。在这些地区，货物的运输通常不是由两个人前后抬运，而是由单人背负"背子"（Peitze）完成。所谓"背子"，就是由人背负的行李。人们的行李通常紧紧地拴在背夹或是行李架具上背着，两侧有带子套在双肩上。这样的话，每人每天能够在负重250磅至500磅的情况下行走40里（10英里）。通常情况下，旅行途中每隔3英里就会有一处客栈或是歇脚的地方，旅行者可以在此小歇。如果旅行者脱离主干道而选择小路，那么沿途就没有客栈，这样旅行者就得另做打算，如在旅行途中借宿私人住宅。

对于旅行者而言，只要确保他的苦力负重不超量，就不用担心会耽误旅程。当需要负重翻越高海拔地区时，一名苦力背负的行李不能超过60至80磅。只要遵循这一原则，旅行途中就很少听到苦力的牢骚和抱怨。

1908年2月27日，米尔斯先生带上苦力和仆人出发前往灌县②（Kwanhsien）。布鲁克留下来继续物色翻译，他从上海带来的翻译到成都后心脏病发作了。翻译的双腿和全身浮肿，病得很严重。医生认为如果翻译到海拔更高的地区去则必死无疑，并强烈建议尽快把他送回上海。最后，布鲁克和米尔斯先生只能把可怜的翻译送回上海，冒险在成都另寻翻译。这时我再一次向他们伸出援手。我找了几名会讲英

---

① 1磅≈0.45千克。
② 灌县，今都江堰。

一个和睦的家庭

语的学生,最后将一名受人敬重的人介绍给他们。然而,他却过于高雅,并非他们想要的翻译。他留着长指甲,身着华丽的丝绸长袍,无论去往何处都要乘坐轿子。就翻译工作而言,他还是胜任的。两位旅行者雇用了他一个月的时间。

经过两段长途旅行,米尔斯先生到达了34英里开外的灌县。布鲁克先生于次日12点出发,9小时后也到了。当他到达距离灌县5英里的地方时,夜幕降临,一片漆黑。他没有准备灯笼,也不认识路。途中多为崎岖小道,在湍急的河流中蜿蜒蛇行。最终他于早上9点到达灌县。他去拜访传教士。传教点位于灌县城外一条水渠的岸边,在小而温馨的中西合璧的房子里。传教士将布鲁克先生带到米尔斯先生下榻的客栈,布鲁克发现这座客栈既不宽敞,也不干净。灌县城里的客栈住的主要是商人,他们来这里购买来自松潘①(Songpan)、杂谷脑②(Tsakulao)、懋功③(Mongum)以及其他汉藏贸易中心运来的毛皮、兽皮、羊毛,以及中药材。

灌县是一座位于岷江(Min River)河岸、界于内地与部族地区之间的繁忙小镇。大多数与藏人进行贸易交往的大商行都在灌县有大库房。这些大型货栈非常有趣,仿佛一座座馆藏丰富的博物馆。人们在这里可以见到各种奇奇怪怪的中药材、兽角、鸟类、皮毛等,其中一些动物皮毛是我们在英国前所未闻的。

行走在从成都到灌县的路上,我们大开眼界。这条路异常繁忙,

---

① 松潘,今阿坝州松潘。
② 杂谷脑,今阿坝州理县。
③ 懋功,今阿坝州小金。

用独轮车把猪运到省城去

布鲁克在阿坝

路上挤满前往省城成都的独轮车。车上满载各类农作物、大捆的烟草、被五花大绑捆在独轮车的两侧而无法动弹的黑猪。除了货运，还有乘运独轮车。非常舒适，时速5英里，要价1便士。

第二天，布鲁克和米尔斯先生前往灌县县城，然后又去考察都江堰水利灌溉工程。他们对这些河流的来源感到好奇。大河沿岸排列着各类水坝和水闸，河水由此被分出无数支流。的确，他们到达灌县后才真正领略到了都江堰这一水利工程的伟大。这一工程完全不比当代英国的任何工程逊色。一条宽阔的河流穿越山脉和峡谷自青藏高原的雪山奔流而下，在这条河流即将进入成都平原时，被人为地分入7条水道，形成7条水流丰富的河流。同时，这些水渠又将再次被分成千万条溪流，穿越农田的河流蜂拥向下，在高出农田10英尺①的地方溅起朵朵浪花。

因为水闸的作用，面积10万多英亩②的成都平原可以按人所需，得到灌溉或保持干燥。由岷江主流分出的一条大支流沿着山脚，在另一处1000英尺高的峭壁之间一路向北，经过大约300英里后在泸州（Lucheo）与长江汇合，不再返回之前被分流的岷江主流。

为了完成这一壮举，这条支流在对岸大山脚下穿越两座分水岭后汇入汉州河（Hanchow River）。这样一来，大山脚下从灌县流向北方的河流穿越分割灌县与汉州河的分水岭后汇入汉州河。

这一伟大的水利工程是由大约公元前300年的蜀郡守李冰提议的，并由其具体实施。

因为李冰的功绩，他也被人们崇拜至今。灌县一处专门为他建造的精美寺庙里保留着对李冰的记忆，官吏和百姓每年都到寺庙来拜祭他。该寺每年举办一次大型的庙会，各地的人都会来参加。李冰有关水利工程的旷世名言"深淘滩，低作堰"至今被篆刻在寺庙里的一块大石头上，以供后世遵循。如果没有严格遵循这一名言，这一地区无

---

① 1英尺=0.3048米。

② 1英亩=4046.86平方米。

疑早已遭到洪水肆虐。灌县每年用于清理河床和维修水坝的费用大约为 60 000 两银子（约 8000 英镑）。所有的农田都得益于这一灌溉系统，因此人们完全自愿纳税。

并非三言两语就能充分详尽地描述这一伟大工程。总之，一条宽阔的河流被成功分流，无数条河流奔流而下，灌溉肥沃的大平原上几千英亩的良田，大片土地的灌溉水源得到保障，而不用仅仅靠雨水，每年充足的水源保障了农作物的丰产，从而养活成千上万的人。

第二天，布鲁克和米尔斯先生一大早出发去参观灌县以北约 1 英里处为纪念李冰建造的寺庙。这座寺庙选址特别，是中国最美的寺庙之一，比任何一座寺庙维护得都好。寺庙建筑鎏金溢彩，油漆亮丽，仿佛昨天新刷的。整个寺庙井然有序，完全不像中国的大多数寺庙。

在寺庙的入口，一块大石上篆刻着李冰有关水利工程维修维护鎏金的名言，以此彰显人们并未忘记这一至理名言。每年冬季，需要雇佣大量的部族人对河道进行疏浚。他们将河流从灌溉渠道引出后，对夏季由洪峰冲刷下来的、堆积在河道里的大量泥沙和石头进行清理。清理河沙和石头的标准是见到河床下预埋的卧铁为止。据说卧铁最初是由李冰放入河床之下的，目的是为了确定河床的最佳深度。

寺庙的对面有一座大型索桥，这座索桥是成都与西部部族地区之间的必经之路。索桥的长度约为三分之一英里，索桥由竹子编织的粗壮的缆绳做成。竹缆绳牢固地系在木制的绞盘之上，连接着河岸。桥面铺设着松散的木板，牵着马匹行走在木板时有缝隙的索桥上着实不易，特别是这个地区每天下午都会吹起强劲的大风，行走在索桥上摇晃不止，让人提心吊胆。

布鲁克和米尔斯先生沿着岷江上行了几个小时，沿途经过许多煤窑和焦炭工地。当他们到达一处溪水由东边流出之地时，这里的峡谷变得狭窄，两侧高耸着悬崖绝壁。他们沿着这条溪流前行一段时间后，道路再次转向北方。垭口距离山脚约 3000 英尺，海拔高度为 5000 英尺。

垭口四周的景色绝美无比，但是因为这个季节还比较寒冷，因此

维修汶川的索桥

不适宜流连于此欣赏风景。竹子和柳杉的枝叶都包裹着晶莹剔透的冰片，整个世界仿佛是世外桃源。走完一段长长的下坡路后，他们在映秀湾①（Yinhsiuwan）再次回到岷江边，并在此地一处环境优美的地方找到了一个舒适的小客栈，依托木桩吊台，客栈几乎位于河水上方。

映秀湾是一个拥有100多户人家的小镇，镇里有好几家客栈，但是真正适合居住的仅2家，其他的客栈挤满往来于此、搬运茶叶和中药材的苦力。映秀湾因其木料市场而小有名气。瓦寺境内砍伐的方料、做棺材用的木板由人力背至映秀湾，夏季，再从此地将木料装至木筏上经水路运往下游的灌县、成都以及其他大型木材贸易中心。

映秀湾也是一处茶叶交易站，运往松潘和马塘②（Matang）卖给藏人的茶叶必须经过此地。映秀湾是茶叶运输的第一站，苦力需要将茶叶背运到此地后才能领取报酬。从映秀湾开始，再由不同的苦力将茶叶背运到不同的站点。

---

①映秀湾，今阿坝州汶川县映秀。
②马塘，今阿坝州马尔康市境内。

到达映秀湾后，布鲁克和米尔斯先生才算真正进入了大山。这里群山连绵，高耸入云。大山的高度达到6000至8000英尺。这里的美景难以言表，令人陶醉。虽然这个季节大地还沉浸在冬日的氛围里，但是可以想象夏季一定有茂密的植被。

此时的岷江河水湍急，汹涌激荡。岷江河岸的道路粗糙且布满石块，行走其上异常艰难。道路两旁的山脉从河里拔地而起，山顶覆盖着白雪，因为山谷狭窄，头顶只能见到一小绺蓝天。然而，就是这样险峻的大山边坡也被开垦为耕地。看到这里，行人不禁要问，农民如何让稀缺的泥土保持在地面，而不被一场倾盆大雨冲入大河。

成都至汶川——我们由此地离开岷江进入峡谷

布鲁克和米尔斯先生在美丽如画的大峡谷中行走两天后，见到一种并非汉人的房屋建筑。这些高大的三层建筑用石头和黄泥灰浆建成，异常坚固。各处还有很像工厂烟囱的高大碉楼直插云霄。经过询问，他们得知岷江以东居住的是羌民（Chang Ming）后裔，岷江以西居住的是瓦寺人。据说瓦寺人是800年前中央政府自西藏西南派驻此地征讨并驻守的部族人的后代。

整个地区非常有趣，所有能够利用的小块地都已开荒耕种，其余地方大都生长着树木。沿途行走着千百名背负重物的苦力，他们从藏地出发，肩扛兽皮、羊毛、中药材、鹿筋骨。这些货物是用食盐、白糖、白酒、稻米、竹子以及麻鞋换购来的。一路上道路与河流平行。每隔2英里就有一处用于歇脚的房子。这种房子非常简易，有的仅仅是一个盖着有裂缝的木板或是盖板的简易木棚。木棚的支架通常处于倾斜的角度，以至于让人感到木棚可能随时会坍塌下来，压住下方的租客，以及正在喝茶和吃饭的旅行者。当然也有例外，也会有好一些的客栈。但是大多数的简易建筑不禁让人联想到这里的人民生活的艰辛和不易。大多数小屋或被称为"客栈"的地方比较脏乱，但主人都居住在楼上，享受突出的尊贵位置。

布鲁克和米尔斯先生沿途听到许多有关打猎的消息，途中除了一头被当地人设置陷阱活捉拴住的浣熊外，他们没有见到别的猎物。该地非常荒凉，山路崎岖，一些地方的岩石非常陡峭险峻，高耸在河床边。修路者不得不在坚硬的岩石上开凿出通道，其他一些地方用砖头砌路，或是在峡谷之上建造木桥。一些木桥距离下方湍急的河流几百英尺。就在这些既狭窄又危险的道路上，驮着重物的骡子连续不断地穿梭于灌县和松潘之间，很少失足坠落。这些骡子通常行走在距离悬

崖边仅仅几英寸的道路上，它们背负的行李距离内侧坚硬的岩石仅两英寸，几百英尺的悬崖之下就是湍流和岩石。幸而这些绝不会出差错的可爱的动物极少失足，甚至不会将驮运的行李撞到岩石上。人们好奇地将手伸到骡马的行李和路旁的岩石之间，发现的确仅有一丝缝隙。

1908年3月6日晚上，布鲁克和米尔斯先生到达汶川①。他们找到一处比较舒适的客栈，并以此作为当下的大本营。我于他们离开几日后从成都出发，骑着欢快的小马，在他们到达汶川当晚赶上他们。

次日早晨，我们拜访了索土司。他刚从位于铜灵山的官寨下来，拜见一位新上任的汶川官员。索土司对我们很友好，第二天就安排了一次小规模的狩猎活动，以测试我们的狩猎能力。

---

①汶川，今阿坝州汶川县绵虒。

晒谷子

布鲁克在阿坝

索土司、索土司的儿子（索观瀛）、文书

第二章
瓦寺狩猎

第二天（1908年3月8日）我们起了个大早，但是直到8点也不见任何猎人到来，于是我们找到总管询问猎人们是否会来。不一会儿便来了两个长相粗犷的猎人，他们身着兽皮外套，肩上扛着长长的明火枪，以及几圈用竹芯拧成的点火线。他们脚上都穿着用竹子或是麻绳编织的草鞋，我们也学着他们换上草鞋。要在我们即将前往的悬崖上狩猎，穿者皮鞋不仅不太适合，而且非常危险。接着我们离开了身后的村庄，向大山一侧悬崖边的曲折小路前行。在爬了一段路程之后，我们见到了正在等候我们的其他6名猎人以及猎犬。

　　为了找到绝佳的狩猎地点，我们又往上爬了一段路程。一些猎人带着他们的猎犬待在较低处，以便驱赶猎物。当我们快到狩猎的地点时，我们听见了犬吠声。猎人们对着我们喊叫，说刚有一只麝香鹿①（musk dear）跑掉了。

　　我们费力地在一些险峻的峭壁上攀爬，一路上拽着山体表面的灌木和竹子牵引着身体往上攀爬，最终我们到达了一个绝佳的位置。这里位于山腰之上，可以将周围村落的美景尽收眼底。为了能缓口气并且享受一下呈现在我们面前的这全景式的震撼，我们小憩了片刻。在西方，有一座巨大的山脉，山顶的积雪闪耀着光芒向西融入淡蓝色的

---

①麝香鹿，俗称獐子。

天空。山脉的低矮处分布着瓦寺农民和羌民的灰色石头房子，高大雄伟的碉楼矗立其间。向远处望去，这些碉楼仿佛教堂建筑的尖塔。在耕地的上方，森林密布，生长着翠绿的竹子、白杉、桦树、灌木丛，以及多毛的橡树。在雪线之下，遍布着杜鹃林，略高的地方有草地和陡峭的大岩石。岩石之上覆盖着终年不化的白雪。

距离我们所站立的位置下方4000英尺的峡谷中，岷江宛如一条银色的丝带，在阳光的照耀下闪闪发光。南方虽没有广阔的景色，但是同样美丽迷人，充满情趣。山上的树木一直延伸到河边，在山脉的上方一处小的开阔地带，从烧炭窑处升起阵阵烟雾，熬制草碱的人们也正在忙碌。树上积雪太沉，压弯了树枝。

我们向已经辛苦攀爬了两小时的北边望去，想看看是否已经接近山顶。但是，当我们看着脚下之前走过的峡谷，再向我们今天即将前往的狩猎地山脉的顶端望去，我们确定目前尚未达到全部路程的四分之一。我们出发的峡谷海拔5000英尺，我们已经上行了3000英尺，所以我们现在的海拔高度近8000英尺。

我们的狩猎地长满竹子，不过周围同样有不少开阔地带和通道，地上布满猎物的足迹。通过选择最佳位置，我们几乎控制了山脉一侧的一大片地带。

索土司的猎人头儿为我们分配各自的位置，中午12点，我们全部各就各位。

此时吹起一阵烈风，使人感到寒意阵阵。寒风削弱了太阳的光芒，我们完全感觉不到阳光的温暖。

正在这时，我们从猎狗的犬吠声中感觉到猎物已经临近，但是还没听见任何枪声。每个人都满怀期待地等待着，不知猎物随时会从哪里蹦出。

猎犬们还是在山边前后左右来回搜索着，时而靠近，明显是在把猎物从远处赶过来，此时刺骨的寒风仿佛能穿过我们的身体，直接刺入我们的骨髓。我的双手已被冻僵，我觉得即使猎犬把猎物追赶到我的脚边，我也无法沉稳地拿起枪来。

摄于索土司官寨附近，山谷尽头的大山约距 60 英里

猎犬们已有一段时间没有来到我的这片区域，伴着风啸我已经无法辨别它们的叫声。曾有一秒，我幻想着它们的叫声离我越来越近，接着它们的犬吠又完全消失。这里的猎物习惯了大山深处无处不在的烧炭人的炭窑，因此并不害怕烟火。因此我找了一些干草和竹子在我所处位置的一块岩石下的角落里生火取暖。

　　最后，就在我们认为不会有猎物来到我们周围而快要放弃所有希望时，我们听到一声枪响，枪声回荡在山谷的各个角落。米尔斯先生赶来正是时候，他撞见一头体积庞大的大野猪，并在距离野猪10码的地方向受伤的野猪开枪射击。野猪中弹翻滚倒地，但它很快翻身而起，沿悬崖俯冲而下。布鲁克先生紧跟其后，补了一枪，结束了野猪的性命。布鲁克先生的举动非常危险，因为陡峭的悬崖上覆盖着灌木，受伤的野猪藏匿其中，随时可能窜出来拼死搏击，攻击猎人，这种情况是世界上最危险的。

　　猎人们很快聚拢来，他们对这鲜美的野猪肉非常满意。他们将野猪剁成小块，方便背下山。接着我们开始向山下行进，从悬崖到河床我们走了3000英尺，山路十分陡峭，这也算得上是我们经历过的最险峻的羊肠小道了。

　　我们发现，要安全地在山崖边行走真的太难，因为实在是太陡。道路狭窄，并且布满扎脚的碎石，我们不得不一个个突然坐在悬崖山路上滑行。

　　直到现在，我们还是不太适应脚上的草鞋，粗糙的麻绳仿佛总能找到脚上最柔软的部位。特别是在下坡路的时候，脚趾头坚持和鞋上的麻绳作对，借着惯性，绳索如刀子般勒着脚上的骨头。我们到达客栈的时候，晚餐是热腾腾的咖喱鸡配白饭，这让我们喜出望外。我敢保证厨师一定也非常高兴，因为那天晚上我们不仅把晚餐的食物一扫而光，还把盘子舔得干干净净。

　　尽管攀爬的过程异常艰辛，我们还没有取得任何辉煌的成果，但是我们对第一天狩猎的成绩都感到十分满意，因为并非一无所获，而且我们发现在这片区域还是有值得我们期待的猎物。男人们在宰杀野猪的时候都展现了他们的豪情，空气中弥漫着所有人对次日狩猎最真挚的期盼。

第二天（1908年3月9日）清晨，猎人们集合的时候，据说有一头岩驴（ngaelu）在昨日我们狩猎的地点出现，所以我们很早就出发了，后来我们发现那就是鬣羚（serow）。昨晚下了小雪，路上非常湿滑，但是我们的草鞋能紧紧地附着在岩石上。10点钟的时候，我们各就各位，我们并没有走到昨天那么高。

我和米尔斯先生选择了河岸，布鲁克先生则和其他猎人一起往上攀爬选择地点。老王是这帮猎人们的头儿，最后他与布鲁克先生一起将位置定在两面都是峭壁的一处突出的石壁上。鬣羚正被猎犬追捕，随时都可能出现。

他们快要就位时，一些猎犬伸出舌头，警觉起来，紧接着是助猎者的呐喊声。他高喊着说有一只鬣羚被赶到了布鲁克先生和老王所在的位置对面的峭壁上。当助猎者赶到适合射击的范围内时，鬣羚已经冲出了猎犬的包围。之前有经验的猎人们预测了猎物可能会选择的逃跑路径，但是它奔向了相反的方向，并快速逃向远方，很快消失在积雪中。另一群猎犬同时向另一只鬣羚发起追捕，并将它赶到下方悬崖的尽头。尽管我们能看到它像山上的一个小黑点，但它不在我和米尔斯的射程范围之内，我们只能作罢。

老王快速地从山腰石壁冲到山边并叫布鲁克跟上。布鲁克先生竭尽全力跟着老王，但毕竟老王是经验丰富的攀爬者，最后布鲁克先生只能选择坐在地上向下滑行。虽然可能会毁了他的裤子，但至少不会摔倒或划伤。正当那只被追赶的鬣羚快要进入开阔地带时，它突然转头奔向了前一只鬣羚逃跑的方向，并很快消失。这时天色已晚，我们以为今天的狩猎即将结束，但是老王说我们还有机会，因为早上上山的时候，他听到山腰上有喜马拉雅斑羚的鸣叫。他断定在这个季节，喜马拉雅斑羚这种生物如果不是被追逐是不会跑远的，而黄昏时段通常是它们出来觅食的时候。

猎人们用一声刺耳的长吼和几声短的呐喊召回猎犬，猎人的吼叫

布鲁克在阿坝

米尔斯、索土司、布鲁克

声回荡在山谷久久不散。疲惫不堪、略显失落的猎犬们缓慢地从三个方向来到了我和米尔斯先生所在的山谷。猎人们也汇聚过来。

有一只猎犬没能按时归位，助猎者开始焦虑起来，因为它可能追逐鬣羚到了远处有积雪的深山，在那里它可能会被豹子吃掉。正在这时，那只猎犬回来了。在它面前那座山的山腰上，可以清楚地看见一只色彩鲜艳的动物上下跳跃，看上去就像一只兔子。猎人们判断那是麂子（chitze），也就是岩羚羊，它离我们大约有1000码①。尽管我们向它射了几枪，它还是安然无恙地逃走了。那只猎犬听到猎人的召唤后，放弃继续追逐，回到主人身边。

之前在小溪边为我们领路的猎人把猎犬送回家。接着我们踏上小路，前往烧炭人的小屋。大约快到峭壁的时候，我们必须通过一处栈道。搭建栈道的木头已经开始腐朽，我们的脚下是万丈深渊。栈道也是用朽木固定在峭壁上。多年前，胆大的烧炭人为了能找到更适合的

---

① 1 码=0.9144 米。

木材,决定向山的另一侧探索,从而搭建了这座木桥。山上适合的木材都被砍光了,烧炭人离开后,道路也被废弃,现在只有爱冒险、胆子大的猎人会从这儿走过。这样的木栈道已经无法同时承载两个人的重量,所以我们只得一个个通过。老王随时提醒大家:"小心!小心!"此情此景的确让人提心吊胆,脚下的落差有500英尺,而唯一能落脚的地方就只有一段直径不到6英寸[①]的朽木。它一半已腐朽,我们也不知道剩下的一半是否结实。更糟糕的是朽木上面还覆盖着积雪,不言而喻,我们的处境变得更加危险。除了峭壁,我们没有任何可以攀扶的地方,峭壁的缝隙中偶尔会有一株灌木生长出来,完全靠不住。

我们唯一能做的就是挺直身体,向前看,然后试着忘掉我们身处一个危险的环境。当一个人精神极度紧张,就会产生眩晕的生理反应,而这样会让危险加倍。

我们在木桥上紧张地行走了500码后,来到一个更陡峭的山坡。到山脚还有很长的距离,我们不敢滑下去。我们很快来到了一块平地,在那里看到了一个破旧的小屋。我们站着观望面前的溪谷和对面峭壁上的岩石。这里就是早上猎人们听见喜马拉雅斑羚叫声的地方。

老王靠着他敏锐的双眼,很快有了发现。循着他手指的方向,我们用望远镜仔细观察。但是除了岩石和树木以外,我们看不到动物的任何踪迹。为了能把喜马拉雅斑羚赶到这片区域,一些猎人被安排到峭壁的另一侧,我完全无法想象他们是如何攀爬到另一边的,这至今是个谜。事实上,这几乎不可能;但是这些常年在山里打猎的人,他们的双脚也具有吸附力,能吸附在岩石的任何地方。

我们等待了很长的时间,在这期间,一些助猎者爬到了更高一点的地方,接着向下来到了老王所指的有动物藏匿的地方。这时,我们终于看见有猎物向我们这边移动。突然间,它窜进了一个岩洞并且消失不见了。一名猎人紧跟着追了上去,但是却找不到它的藏身之处,于是向洞里扔石块。突然,喜马拉雅斑羚跳出洞来,在距离猎人仅几

---

① 1英寸=2.54厘米。

码的地方逃向峭壁一面。它在我们面前一跃而出，完全不像喜马拉雅斑羚，而更像一头猎豹。

当喜马拉雅斑羚来到我们对面的时候突然停住了。这时天色已晚，布鲁克先生在相距200码的地方开火并射中了它。它伤势严重，被击中后翻滚到悬崖下，最后倒在溪流的岩石河床上。我们期待着在下面找到倒在血泊中的猎物。但当我们克服困难一路下行，终于到达峭壁的下方时，它突然跳起逃走了。猎人们连续射了几枪，但是都没射中。它跑了500码左右又停了下来，这给了布鲁克先生再次击中它的机会。我们以为这次它死定了，便让猎人们爬下去捡猎物。当猎人们快到的时候，它又站了起来，再一次跳着逃走了。我们的枪由猎人扛着，只能眼睁睁看着它从我们的眼皮底下逃离。

这时已是一片漆黑，山路极其危险。我们必须尽快下到大路上。猎人们把一只猎犬留在了这里，并说它会把受伤的喜马拉雅斑羚赶下山。但是当晚我们再没见到这只猎狗。当我们安全地回到主干道的时候，我们仍能听见在离我们2000英尺的上方的岩石上，猎犬在黑夜里追赶喜马拉雅斑羚时的狂吠声。我们都对猎犬能活着回来不抱任何希望。我们围坐着仔细聆听漆黑的夜里正在发生的事情。突然间，峭壁的方向闪出火花，并传来一声巨响，接着便悄然无声。过了一会儿，猎犬又叫了几声，紧跟着又是闪烁的火花和一声巨响，最后又回到一片死寂。我们又等了一会儿，其他猎人建议我们先返回，此时，前往捕捉斑羚的同伴杳无音讯。

后来我们知道，当晚，在伸手不见五指的黑夜里，一名年轻勇敢的猎人在极其危险的悬崖上追赶喜马拉雅斑羚，并且仅凭他敏锐的听力射中了猎物。接着他又安全地从那条危险无比的道路返回。这样惊险的事情对于外国人来说，即使是在大白天也是无法做到的，更不用说晚上。

回到镇上，我们把今天发生的故事讲给土司听，也表示对那个年轻猎人的安危感到担忧，但是他却大笑着说不用担心，我的人可不是普通人。

在山坡上搜寻喜马拉雅斑羚的猎人

第二章 瓦寺狩猎

第二天（1908年3月10日）清晨，猎人们找到了那只被射杀的喜马拉雅斑羚，并扛到我们面前。它从悬崖跌落，身上全是严重的擦伤。猎人们说它被卡在了狭窄的峭壁上的灌木丛中，那里正好是昨晚它中弹处下方500英尺处。一个猎人将绳索固定在悬崖边，然后顺着绳子向下滑至猎物处，将猎物捆绑后，由上面的人将猎物拽上去。之后，猎人靠着绳索返回悬崖上方。我们在猎物的身上发现了3处枪伤，一处击穿了肠子，这一枪同时也击中了它的一只后腿；另一枪射在了它心脏后方不远处；最后深夜那来自年轻猎人的大颗粒铅弹射中了它的头部，直接使它跌入悬崖。

这些动物的生命力和敏捷度是相当惊人的。坠崖导致它的角破碎不堪，皮也不再完整，无法作为标本。

第二天，米尔斯先生和我来到了河对岸狩猎。这里的路况比起昨天简直好太多了，只是猎物不多。

我们耐心地等了几个小时快要放弃的时候，猎犬将一只麂子赶到了米尔斯先生身边。它从米尔斯先生身后的灌木丛跳出，但是在米尔斯射击之前，它突然转身向我跑来。猎犬们紧追其后，其中一只猎犬距离麂子仅十步之遥。麂子距离我约70码时，我向正在奔跑的麂子射击，并且成功击中它的一只前腿和一只后腿。中枪后，它跑不远，从峭壁上跳下去，但没多远就被猎犬捉住。

我同另一位猎人迅速赶到猎犬所在的位置，从疯狂撕咬的猎犬口中夺过我们的战利品。这样，我们两人就背着猎物下山了。而今天，感觉自己也有了在大山里狩猎的经历。

索土司执意邀请我们到铜灵山（Tonglin）官寨玩一天。盛情难却，我们应邀前往。他为我们准备了丰盛的宴席，以接待贵宾的礼仪款待我们。布鲁克先生拿出照相机，整个山寨的人都聚拢来看稀奇。我们度过了一个生机盎然的夜晚。

第二天清晨，我们去看土司的家庙。这座寺庙已经有六百多年的历史，里面陈列着许多我从未见过的造像。寺庙里面是苯教的造像。苯教属于一种自然崇拜。

寺庙的住持喇嘛是土司的表弟。他是一个让人愉悦的年轻人，但却没有向我们提供更多的信息，也许他对我所提到的早期的著作不太熟悉。寺庙里一位身患肺痨、病入膏肓的老喇嘛告诉了我很多我想要知道的信息。此处暂不详述。

书架上堆着大量的藏文经卷，书籍上覆盖着灰尘和蜘蛛网，看来没怎么用过。寺庙的横梁或墙壁上悬挂着画着佛祖、圣人、转世活佛的卷轴画。一些造像前点着酥油灯，但是大部分的造像前面没有。

我们拜访土司的过程非常愉快，同时也得以更好地了解他。他是一个鸦片瘾君子，曾多次想到成都的医院去戒掉烟瘾，但是却没有孤注一掷的决心。他是一个文弱的人，他的好脾气得益于汉文化的影响。他担心土司这一官职很快会被废除，他的整个地盘会正式被纳入地方官吏的管辖范围。中央政府正计划像在内地一样，在这些边远地区派驻地方官吏以取代世袭的土司，所以这在不久的将来可能会发生。

这对普通人来说或许是最好的选择。因为他们现在不仅要承受来自统治者的压迫，还要忍受来自土司的剥削。普通人或为臣属或为扈从，他们从不敢想象拥有任何属于自己的物品。在当前的制度之下，勉强维持生计便是他们唯一的奢望。

第三章
猎捕盘羊

  我们听说了一种汉人称为盘羊（Panyang）的奇怪的羊。据说它们拥有长而卷曲的羊角，通常生活在海拔 11 000 英尺的雪线之上的高山草甸。

  土司向我们展示了一些盘羊皮，但是这些皮破损不完整。本地猎人把盘羊的腿和头砍了下来，因为他们觉得这些没有任何价值。羊角和盘羊的头盖骨也被丢弃在猎取它们的山上，这些皮无法作为标本保留，但至少让我们了解了盘羊大概长什么样，了解了它们的皮毛。它们的毛多是灰蓝色或土褐色，两侧和腹部的毛呈白色，身体两侧和前腿下侧有黑色的条纹。它们的毛较粗糙，但却蓬松浓密，更像是鹿的皮毛而不像羊的。盘羊毛绝对不像羊毛。

  本地人对这种动物生活习性的描述唤起了我们的好奇心，我们决定上山猎取一只盘羊做标本。土司说现在盘羊经常出没的山上积雪太深，我们很难攀爬到那儿。但是当我们提出，如果能够得到一张完整的盘羊皮我们定会重赏时，有 3 名强壮的猎人自告奋勇接受了这项挑战。土司建议我们去草坡[①]（Tsaopo）。这个小地方位于老官寨主路的后侧，曾是瓦寺土司的治所。土司邀请我们住在老官寨，并传话给留守在老官寨的仆人要好好照顾我们。据说在我们之前只有两三个外国人曾到过那片地区，但从来没有外国人在那里居住过。土司派出他的

[①] 草坡，今阿坝州汶川县草坡。

布鲁克在阿坝

10 名猎人跟随我们。我们在距离官寨不远的山谷等待时，那 3 名自告奋勇参加猎捕盘羊的猎人返回官寨。

第二天是 3 月 13 日（1908 年），我们准备就绪，出发。我们折返，朝着岷江下游走了 7 英里，到达索桥①（Sohchiao）。这里的岷江之上横跨着一座很长的绳桥。

此处，一条较大的溪流自西汇入岷江。我们沿着这条溪流前行了 10 英里，并数次渡到河对岸。对于苦力们来说，过河不是什么难事，因为有索桥可以跨越，但是对我来说就非常困难。我牵着一匹马，索桥上铺设的木板间距太大，我的马根本无法从索桥上通过。我只能将马牵到河里，让它从湍急的河水中游过去。本地人劝说这样做绝对不行，至少之前从来没人尝试过。但是我的这匹马体能良好，我也知道如何引导它过河，所以我们很快游到对岸，赶上了队伍。除此之外，峭壁一侧还建造了许多盘绕的狭窄的通道。这样的道路对于马来说几乎是不可能通过的，我不得不牵着马数次游到河对岸。最后，我们终于到达两条河流的交汇处。一条仍是从西方流下来的，另一条则是来自西南方向。这里的河谷变得开阔起来。河边有几座水磨坊，从谷底到山上大部分地方都有耕作过的土地，距离我们 7000 到 10 000 英尺之上的山顶覆盖着白色的积雪。

当我们穿过山谷曲折的小路到达老官寨的时候，已经是下午 4 点。官寨坐落于河流上方约 100 英尺的山坡上。这里由一名老管家打理，他把我们带到今晚将入住的 3 个房间。

老官寨的第一层是大型牛圈。这里的人们非常贫穷，只有寥寥几只家畜在圈里。当地的主要行当是以木材贸易为生。男人们也通过打猎贴补家用，女人们则负责大部分农活，并把谷物背到水磨房磨成面粉。我们顺着一个很长的楼梯上行，到达一处院子。这个大约 25 平方码的院子被一段护墙围着，从里面看大约只有 3 英尺的高度，但如果从外面看，这面墙距离地面居然有 25 英尺高。我们穿过一条很长的走

---

① 索桥，今阿坝州汶川县境内。

廊，左转便能看见一套房间，房间里面又黑又脏。整个老官寨除了看门人和一个老喇嘛，别无他人。平时老喇嘛每天都要来到官寨四楼，在造像面前完成宗教仪轨。这里供奉的造像与土司居住的铜灵山上寺庙里的是一样的。

老官寨的内部极其阴暗，每根梁柱上都堆积着厚厚的灰尘，悬挂着有些年头的蜘蛛网。地板也是多年没人扫过，更不用说用水清洗了。这座官寨最好的3个房间被用来做燃料的玉米穗和玉米壳占据着。当房间里的杂物被清理以后，屋子看起来干净了一些，十分适合居住。在这片土地上，一年中至少有7到8个月降雨量都极少，所以这里到处都有跳蚤。当我们开始在灰尘扑扑的地面上走动时，就像捅了马蜂窝一般，遭遇到跳蚤疯狂的袭击。第二天早上，我们满脸都是被跳蚤蛰出的疙瘩，仿佛得了麻疹一般。

土司的弟弟住在官寨附近，我们到达不久他便来访，与我们聊天到深夜。他与我们共进晚餐，我们的晚餐几乎每天都一样，不是腊肉和鸡蛋，就是白米饭配腊肉和烤饼。当我们想换点花样时，就会打乱组合，吃烤饼和腊肉。最后两天天气转晴，猎人们认为雪线以上的积雪也快化了，所以我们决定跟随猎人们去盘羊时常出没的清凉山①（Chienliangshan）。猎人们并不情愿带我们同行，因为他们知道通往清凉山山顶的路有多崎岖、多危险。当然，后来我们自己也亲自体会到了道路的艰险。我们打了3个轻便的行李包，每个包的重量为20磅。行李里面主要有我们的被褥、换洗衣服以及食物，包括5磅腊肉、10磅大米和20磅用来做烤饼的面粉。我们还带了3个锡杯、1个炒锅和1个茶壶。早上9点的时候，我们从老官寨出发，沿着小溪走到最深处的民居。我们将在这里过夜。这是一座简易、肮脏的小木屋，没有足够的空间让我们全部人都睡在屋里。最后，我们把凉席栓在屋顶的脊梁上，做成秋千睡在上面。我们担心带的粮食不够，便买了些玉米。晚上，我们的娱乐项目便是用手推磨，将玉米粒磨成粉，以此娱人娱

---

① 清凉山，今阿坝州汶川县境内。

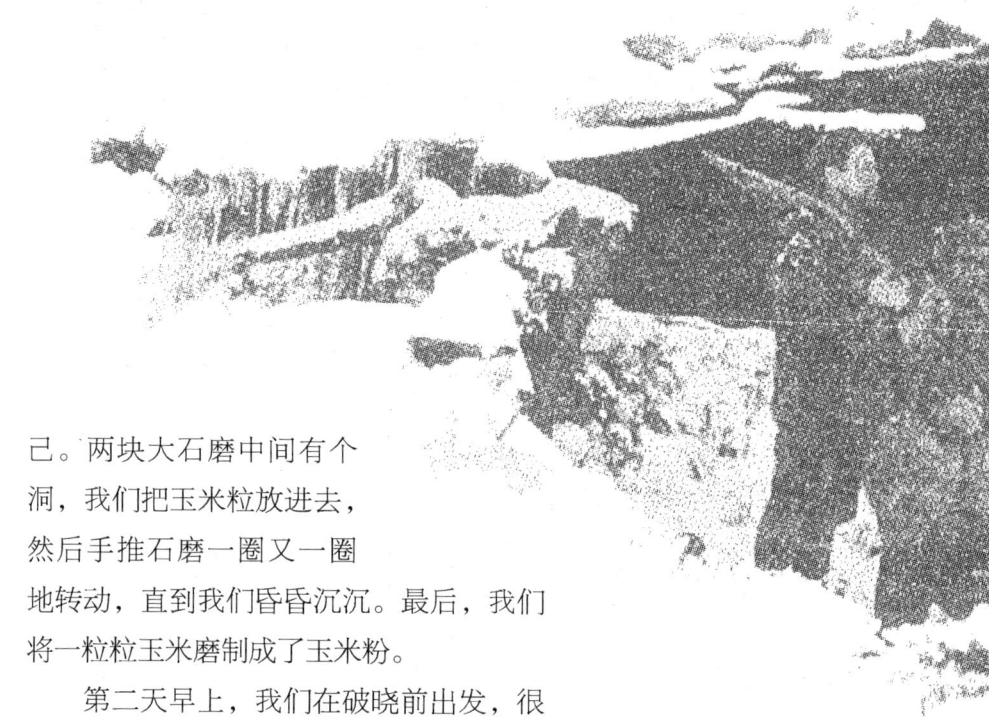

己。两块大石磨中间有个洞，我们把玉米粒放进去，然后手推石磨一圈又一圈地转动，直到我们昏昏沉沉。最后，我们将一粒粒玉米磨制成了玉米粉。

第二天早上，我们在破晓前出发，很快便来到了积雪的地方，此处由于大雪覆盖，深浅莫测，非常危险。河床边的石堆被一层轻薄的积雪覆盖着，一两人从上面经过即会崩塌。我们踏过岩石上松软的积雪，不时掉进雪下的深坑，所幸没有人受伤。接着，我们开始在茂密的矮竹林里开辟道路，积雪太厚，几乎把竹子压到地面上。这可是一项又冷又湿的工作，一旦我们碰及任何树的枝干，一堆冰冷的雪绒花就会掉到我们的衣领里。接下来的小道是在悬崖表面搭建的圆木形成的，这些圆木有的是平直的，有的呈10度或15度角，被藤条捆绑着。接着，我们必须通过一些桥来渡到河对岸。所谓的"桥"是什么呢，就是将一截直径8英寸的圆木横卧在河水之上连接两岸，圆木上面还覆盖着6英寸的积雪和冰。一旦圆木上的冰雪突然破裂或者过桥的人突然失去了平衡，唯一的结果就是掉到下方30英尺开外急流中的岩石之上。猎人们大步流星地走在这样的"桥"上，我们则小心翼翼地踩着他们的脚印过"桥"。那些勇敢的苦力背负着20磅的重物紧跟着我们的步伐。他们对眼前的危险熟视无睹，毫不

清凉山上的营地

畏惧。看到猎人和苦力过"桥"的样子,我们因为自己能够过"桥"而产生的骄傲感荡然无存。我们就这样奋力走了几英里,来回数次横跨湍急的河流,最后来到山边一条曲折的小路上。然而这条小路的倾斜度超过60度。这里的积雪没有那么厚,但是路面上的那层薄雪使道路变得异常湿滑。不管怎样,我们只得手脚并用,连爬带拽,就这样挣扎着,最终我们一步一步缓慢地到达了冷杉林生长的地带。这里的海拔在8000到10 000英尺之间。接着,我们穿过杜鹃林,一些杜鹃树上挂着含苞待放的花蕾。

数月之后,冷杉林海便会响起伐木人的刀斧声。他们跋山涉水来到这里砍伐这些冷杉。伐木人会把圆木大致砍成棺材板或是长条木料,然后背下山,再背到岷江河岸的集镇上,每根几先令的价格卖给木材商贩。但现在这里还是一片寂静。我们缓慢向上攀爬,穿过杜鹃林来到草坪地带。我们用了数小时寻找猎物,同时寻找今晚的营地。当我们正准备在一块突出的大岩石下面扎营的时候，在高处探路的几个猎人大声呼唤我们往上爬。我们踏着积雪，着悬崖又向上攀爬了一个小时，找到一处去年来此地挖药材的人们留下的棚屋。这里的积雪几乎已经融化，能看见草丛。经过一个冬天寒风的摧残，这些枯草虽然焦黄、稀疏，却仍然在山边贫瘠的碎石堆里顽强地生长着。

在我们头顶的上方有一座高大的山脉，山顶上覆盖着永不消融的白雪。苦力们在我们到达不久后也紧跟着到达营地。其中一人从悬崖上摔了下去，几乎磕掉了所有门牙。夜幕降临时下起了雪，刺骨的寒意也随着寒风袭来。因为苦力们没有带被褥，也没有厚衣服可以让他们度过这寒冷的夜晚，所以他们从屋顶上取了大部分木板作为燃料，让棚里的火能燃烧整晚。第二天雪仍然下得很大，但是男人们还是决定出去找些燃料。他们穿上草鞋，带上攀爬的铁具，下降到树线区域。没过多久，他们带着许多捆木柴回来了。由于天气的原因，视线很差，所以大家在木棚里待了一天。第二天早晨，雪停了。虽然在我们的位置看不见太阳，但我们可以看见太阳耀眼的光芒折射在我们身后约8000到10 000英尺的冰峰上。几小时后，太阳驱赶开早些时候弥漫在山腰的云雾。大约上午10点，明媚的阳光终于洒在我们身上。我们的露营地在海拔11 600英尺的地方。盘羊的栖息地还在我们之上几千英尺的位置。昨夜新降的雪深达膝盖处，太阳耀眼的光芒实在太强，照在雪地上十分刺眼。米尔斯先生走了1英里后，完全雪盲。他返回营地的过程极其艰难，因为他只能用双手去感觉下山途中我们铺建的小路。布鲁克先生、两名猎人和我爬过一些高低不平的山地，遇到一群白马鸡（peimuhchi）。这是一种体型如火鸡般大小的禽类，常年栖息在这一带的山上。布鲁克先生朝它们开了一枪，但是这时，布鲁克先生已几近雪盲，所以一只白马鸡也没打中。太阳的光线太强，我们无法判断距离。后来，我们发现原来这些白马鸡距离我们不足60码，但布鲁克开枪时以为它们离我们有100多码。这时，迷雾又一次笼罩了我们这片区域。我们意识到，在这样的天气条件下狩猎是徒劳的，所以决定回到营地。担任我们向导的小猎人说："这是回去最近的路！"

接着，他直接坐在一片陡峭的冰面上，梭进迷雾，消失在我们的视线里。这的确是非常棒的办法，但在这样危险的悬崖峭壁地区，最安全的路永远是最远的那一条，所以我们还是原路返回，安全到达营地。当我们到达营地时，发现那个小猎人不仅早已到达，而且已经吃过晚饭，正在篝火边非常享受地取暖。

第二天，雪还是下个不停，我们决定返回到山脚。我们收拾好行李后，去砍了些树干作为拐杖，为之后危险的下坡路做准备。这时，我们下山的小路已经被大雪覆盖，要找到原路实在是太难，不过下山比上山快了许多。很多地方，我们都坐在雪地上向下滑行，并随时拽拉路边的树枝，以防滑行得太快。途中我们经过了一处绝妙的硫黄温泉。这处温泉拥有一个五彩的水池。温泉的水温很高，我们不敢把手浸进去。当天，我们顺利到达草坡的老官寨，一路上都没有任何收获。第二天早晨，我们前往老官寨旁边的那几座山，并在那里猎获到几只喜马拉雅斑羚。其中一只喜马拉雅斑羚是被我在大约1000码开外的岩石上射中的。这一表现得到了当地猎人的赞赏。布鲁克先生在几分钟后也射到了一只由猎狗赶到他面前的喜马拉雅斑羚。次日我们没有收获到任何猎物，但也并非完全一无所获。当我们在高原温暖的阳光下耐心等待猎物出现的时候，得以有工夫观赏周围的风景。呈现在我们眼前连绵起伏的雪山与蔚蓝色的天空形成鲜明的对比，令人赏心悦目。世上有许多人行走千万里看到的壮丽美景还不及这里的一半。我们非常享受当下的生活。我们发现盘羊其实是岩羊（Blue sheep, Ovis-nahura），这种动物部族人称为"纳瓦"（Nawa），即印度布哈拉（Bhural of India）。在这一地区的森林线到雪线之间，即在海拔12 000英尺到17 000英尺之间，盘羊非常常见。在6、7月的时候，年长的雄性盘羊离开雌性伴侣独自生活。雄性和雌性盘羊都长有角，但是雌性的角比雄性的小许多。它们常常选择在岩石周围觅食，这样，当它们被任何动静惊扰时，能依靠岩石躲避。当它们结伴进食的时候，总会有一只盘羊放哨，它会在参差不齐的岩石中找到视线开阔的地方，洞察周围的一切。因为与周围的颜色接近，因此很难在岩石中辨认出那只放哨的盘羊。它的头一动不动，但是一旦被惊扰，它便急速跳出瞭望台，这便是在向同伴传达逃离的信号。当地人事先告诉过我这个故事。后来7月，我在穿越大山时邂逅了在草原上觅食的盘羊，有幸证实了故事的真实性。

虽然我已参加了数天的狩猎活动，但我还是试着不要忘记我来到这些人群中需要开展的特别工作。我总会随身携带几本书，分发给任何与我交流的山民。在老官寨，我发现老喇嘛将我上一次送给他的福音书复印本翻得很旧，看得出他经常阅读这本书。他从书架上拿下这本书并翻到他不能理解的那几页请教我。我也耐心地为他解释。经过过去两周的接触，我加深了对他们的了解，他们也开始把我当朋友。我们多次长谈，谈及他们时常面临的各种困难和社会问题。其中一些人提出他们的愿望，希望中央王朝尽快废除现存的封建制度，并把他们作为平等的国民对待。大多数人谈到土司强加给他们的负担以及需要上缴给地方官吏的赋税，使他们不堪重负。这里的人们最需要的是教育。

现在我需要回到成都继续我的工作，布鲁克、米尔斯先生和其他猎人留下来继续狩猎。

第四章

猎捕鼷羚

鲁克和米尔斯先生决心在离开之前捕获一只鬣羚。1908年3月25日，他们与几名猎人结伴带上猎狗前往桃关①（Taokwan）峡谷，那是著名的鬣羚栖息地。他们把帐篷搭在溪边的一小块空地上并在周围狩猎，除了射杀了几只小鹿外没有其他收获。这个峡谷里的确有不少鬣羚，但是这几只猎犬却不敢拦截和攻击鬣羚。当他们发现这些猎犬毫无用处、没有必要再继续下去时，便拆了营地去到下游的桃关寨子。桃关峡谷的名字便来源于这个村寨。他们在寨子里找到了两名优秀的猎人以及4只凶猛的猎犬，其中一名猎人还曾跟随我们到过清凉山。准备就绪，他们回到了之前扎营的空地。刚开始寻找猎物，猎犬就嗅到了鬣羚的气息。猎人们正在山顶等待猎物的出现，米尔斯先生听见下方灌木丛好像有动物的叫声。他坚持认为下方有猎物，但是猎人们说没有，并建议米尔斯先生下到山的另一侧去监督猎物搜捕。他照着做了，但是如此这般让他感到百无聊赖。

米尔斯先生离开后，4只猎犬和一名紧随其后的猎人从他身边的灌木丛跑过。此时，一只猎物在距离他们很近的地方逃走，他们却没发现。老王立刻拿起他的弯刀猛砍，在荆棘和树刺之中开辟出一条通往山边悬崖峭壁的通道。布鲁克先生紧随其后一路滑行，奔跑，下跳，

---

①桃关，今阿坝州汶川县桃关。

穷尽一切办法紧跟猎狗，并把鬣羚逼向桃关河床。当他们追赶到一处瀑布时，发现 4 只猎犬正对着瀑布之下一块大石头狂吠，猎狗们在岩石下面发现了一处洞穴。老王确定那只鬣羚就躲在岩石下。布鲁克先生试着潜到大石头下面去一探究竟，结果差点被淹死。此时，另一名猎人赶来，他立马脱掉衣服试着潜进洞里，但还是无功而返。

  接着，他们用石头筑坝来阻隔部分湍急的溪水。一侧的水流减少后，猎人得以成功进入大石之下，但仍一无所获。这时，猎犬的主人也赶到现场。他断定鬣羚肯定是顺着河水逃到了下游。于是他们又开始朝下游追赶。他们遇见一群汉人，这些汉人显然受到了惊吓，用惊愕的目光看着来者。狩猎者们走上前去，想要询问对方是否见过鬣羚的踪迹。这时，他们看见人群中躺着一只鬣羚。鬣羚的喉咙已被刺破，腿被砍断。在鬣羚旁边躺着一名浑身被鬣羚角严重刺伤、奄奄一息的汉人。布鲁克先生尽全力救助这名可怜的伤者，把他抬到附近的民居里。布鲁克先生想把他送到成都的医院救治，但是伤者拒绝了布鲁克的好意。没过几天，伤者的病情加重，不幸死去。后来大家得知当时的情况是这样的：当时两只猎犬正夹攻这只鬣羚，猎犬狂吠不止。在场的汉人见到受伤的鬣羚喜出望外，心想，一旦杀了这只鬣羚，就有钱赚了。接着，他们手执木棍向走投无路的鬣羚发起攻击。悲剧由此发生，这只鬣羚受到惊吓，倾尽所有力气，用它锋利的尖角刺穿其中一位攻击者。在场的另一人上前砍断鬣羚的脚筋，接着，他们想办法将鬣羚杀死。在这期间，米尔斯先生去到了山顶的另一侧，当他回到营地时，正好赶上他们将死鬣羚抬回来。

  第二天，他们在峡谷的左侧狩猎。大清早，几名猎人被派到几个山头上驻守，以拦截到此的猎物。米尔斯先生守候在山腰的一处溪水边，布鲁克先生则选择了对岸更高的位置。

  正当米尔斯先生前往他的埋伏点时，他再次瞥见一只鬣羚在树林里急速奔跑的身影，但他一枪也没来得及射击。猎犬发现了鬣羚的踪迹，立马开始追击。在一场持久而激烈的追逐之后，猎犬将鬣羚赶到布鲁克先生跟前。布鲁克在距离鬣羚 40 码处开枪，鬣羚应声倒地。这

布鲁克先生和他猎获的第一只鬣羚

是一只壮硕的成年雌性鬣羚，与昨天猎获的雄性鬣羚一样完美。这时，其中一只猎犬仍然在树林里追逐着什么。突然间，它将另一只鬣羚赶到布鲁克面前，布鲁克先生举枪射击，猎物应声倒下。这是一只鬣羚幼崽。

次日，米尔斯先生待在帐篷里处理鬣羚皮，布鲁克先生则到周围的山上狩猎。这天，米尔斯先生刚开始工作，就听见嘈杂的喊叫声。他立刻提上猎枪冲出帐篷，发现猎犬正把一只鬣羚向营地方向赶。最后，鬣羚被赶到距离米尔斯先生不足100码的悬崖边。米尔斯先生试着瞄准猎物准备射击，但由于猎犬正在围攻鬣羚，他担心误伤猎犬，所以只得放弃。最后，另一名猎人在较近的地方一枪将鬣羚击毙。

至此，狩猎鬣羚的活动画上了圆满的句号，布鲁克和米尔斯先生拆了帐篷回到汶川。汶川知县准备了丰盛的宴席款待他们，并请他们就座于尊位。知县显得和蔼、热情。席间知县问了他们一大堆问题。毫无疑问，知县的主要目的是想查探他们此行的目的以及他们之后的

第四章 猎捕鬣羚

布鲁克在阿坝

行动计划。知县讲他们并不太熟悉的广东话，这为他们回避问题找到了借口。由于知县的翻译在另一个饭桌，他们如果觉得对知县的问题没有必要回答，仅简单回答"不懂"，表示"我没听懂"。布鲁克先生的牙疼了足足1个月，此时到成都补牙齿非常重要。所以他将这一计划告诉知县，并说米尔斯先生将最远到达映秀湾。映秀湾木材中心在汶川以南两日路程的地方。这些话终于让知县心里的石头落了下来，他应该在内心窃喜，终于可以摆脱这群在周围的大山和峡谷晃荡了一个多月的外国人了。知县礼貌有加，他们在友善的氛围中道别。

在接下来的旅程里，他们遇见了两个猎人。那两个猎人刚捕到一头扭角羚幼崽，并同意卖给他们。布鲁克先生为可以得到第一副扭角羚的标本激动得跳了起来。在他离开英国的时候，动物园里没有一只活体的扭角羚。我们都对这只奇异的小动物大加赞赏。扭角羚长得矮胖，看上去四肢笨重，个头与3个月的绵羊一般，但比绵羊重，走路的步伐有点笨拙。它既不狂野也不胆怯。教它进食也没有遇到什么困难。他们先用瓶子喂它，接着教它自己去盘子里进食。布鲁克先生将它带回成都，我们照顾了它3周。它变成了世界上最有感情的一只小动物。它像只小狗般到哪儿都跟着我们，偶尔还跟着我们进到房间内。几天后，米尔斯先生送来了一只喜马拉雅斑羚的幼崽，两只小动物给我们的院子带来了无限生机，它们很快也成了好朋友。那只后面送来的喜马拉雅斑羚跟我们的奶牛也成了好朋友。每次挤牛奶的时候，喜马拉雅斑羚异常兴奋，左右窜动。一天早上，不幸的事情发生了：奶牛一脚踩断了喜马拉雅斑羚的腿。我们尽了最大的努力来抢救这个小生命，但是几天后它还是死了。之后的3周，扭角羚看起来似乎过得很好，直到一个早上，它吃过食物后突然生病，并开始拒绝进食，就在当天晚上，扭角羚也死了。

就这样，布鲁克先生失去了他最珍贵的动物。他狠狠地责备那个下人男孩，因为扭角羚的病因是男孩在早上给他喂食了已经发酸变质的牛奶而生病，而且他也没有对它的餐具进行高温消毒。我们发现了这些，但是为时已晚。

米尔斯先生很快找到了一名可以与他一同进山打猎的猎人。猎人通过自己的行动证明了他是一名优秀的攀岩高手和神枪手。他对这片土地的每一英寸都非常熟悉，对这一区域最危险的地方毫无畏惧，能够穿越猎物藏身的任何角落和缝隙。他也算是一名博物学家，知道不同种类的动物的生活习性，对它们的栖息地和叫声了如指掌。米尔斯先生觉得他是最合拍的伙伴，同时也是优秀的冒险家。他唯一的毛病就是吸食鸦片，尽管只是在每天完成狩猎任务归来以后才吸。米尔斯先生在日记中写道：

因为我们的新向导笃信静猎之道，所以我们连猎犬都没有带便出发了。我们包里几乎是空的，只带了简单的午餐而已。我的目标是追踪喜马拉雅斑羚，去到它们生活的峭壁，并在那里狩猎。这是非常危险的工作，因为喜马拉雅斑羚总把家建在非常险峻的地方，并且时常躲在岩洞或是峭壁的缝隙里。在狩猎中接近它们的唯一办法就是通过那些狭窄的悬崖边缘。有时一个陡坡就有1000英尺的落差，落脚的地方却只有几英寸。但是通常会有生长在夹缝中的树苗和灌木可以帮助攀爬，而不至于掉下去。那个小猎人非常熟悉这一切，他可以小跑着通过那些让我头晕目眩的地方；为了更清楚地观察周围的环境，他甚至支出半个身体到悬崖外。我经常为他捏把汗，但其实好像没什么好惊慌的。我还是非常担心他的安危，但很快我发现他非常明确地知道自己在做什么。我最应该关心的是我自己和那些可能即将在下一秒出现的猎物。小猎人分派给我一个非常重要的猎物通道驻守，接着便开始在周围四处搜寻。如果他发现了猎物，但是没办法射中它，他会把猎物赶到我所在的区域，由我来射击。就这样，在这个地区的这几天，我们没有一天是空手而归的。

一天，我射中一只野猪的肩胛，它带伤逃到了河岸边的草丛中。那个小猎人立马冲上去追击野猪，并近距离用铅弹射击。野猪从悬崖上摔了下去。我们在悬崖下的石堆中发现了损坏严重的尸体。这是我见过的体积最大的野猪了，它的一条后腿之前断过，后来恢复了正常。

布
鲁
克
在
阿
坝

  日复一日地在悬崖上狩猎的生活让我有点吃不消。我的脚后跟肌腱由于长时间处于紧张压迫的状态，肿得有原来两倍那么大。我费了很大劲，终于回到了客栈，第二天便在床上躺了一天。晚上，索土司也住到了这个客栈，不一会儿，信使来报告说索土司的官寨被土匪袭击了，并求他火速返回去施救。索土司请求我带上来复步枪陪同他一同前往，并主动把马让给我骑。知道他遇上了麻烦，我决定随他前去帮忙。我挤出水泡，以消减肿胀。第二天，我们一大早就出发了。我们快马加鞭，两天就到达了索土司的父亲居住的老官寨。我们到达的时候被告知，土匪因为知道我们要来，已经撤到了深山里面，接下来的几天再也没听见任何关于那些土匪的消息。这座老官寨坐落于三江口①（Sanchiangkou），被山半掩着。周围的景色如诗如画，三条分别来自西方、北方和东方的河水在这里交汇。这里以前是土司的南部官寨，是非常典型的部族人官寨。一百年前，四川的总督让瓦寺土司从这里搬到了铜灵山，现在那里是土司北部的官寨，因为那里离汶川较近，有政府的高官专门负责瓦寺的一切事务，并由其将瓦寺事务上报给朝廷。

  这片山谷里有大量有趣的化石，我花了几天时间在这里收集各种化石。这片地域山脉起伏，随处可见裸露在外的石灰岩。一些地方有花岗岩、石英和云母片岩。我不是地质学家，无法完整地描述出这里的地质全貌，但是我坚信这里对于科学家来说一定非常有趣。

  我策马启程，计划返回映秀湾的客栈，但是第二天我的马倒下了，我只能徒步完成余下的旅程。当我到达映秀湾的时候，已经筋疲力尽，瘫倒在地。我在床上休养了几天，后来旁观了木筏的制作过程。木筏能在急流顺中流而下至下游30英里外的灌县。一组圆木相互重叠，再用竹缆绳捆绑在一起，最后用楔子牢牢固定，便形成了坚固而又柔韧的木筏。船首和船尾安装着长长的船桨。当一切都准备就绪后，拴着

---

①三江口，今阿坝州汶川县三江。

木筏的绳子被一刀砍断，6个男人用力划动船桨冲入急流中。大浪不停地冲击木筏。男人们保持着高度警觉，以免撞上急流中突然出现的岩石。我曾见过一个撞上岩石的木筏，它被撞得粉碎，散架的圆木仿佛干裂的细枝。12名船员仅有3人成功靠岸，剩下的全部葬身河底。能胜任这项工作的男人们都是极其勇敢的，但是他们当中很大一部分都将自己的坟墓安在了河底。

当米尔斯先生在映秀湾等待的时候，一些猎人给他带来了另外一只喜马拉雅斑羚的幼崽。他把幼崽带到布鲁克先生在成都的住处，但不幸的是，它也死了。这只喜马拉雅斑羚好像无法适应成都平原的高温天气。另一个猎人带来了他刚刚射杀的两只金丝猴，它们的皮被小心翼翼地剥下后运往成都。其中一张猴皮由南肯辛顿（South Kensington）自然历史博物馆收藏。这些猴子非同一般，独具特色。它们拥有亮蓝色的脸庞和深棕色的眼睛，它们的鼻子像一只只亮蓝色的蝴蝶张开翅膀停靠在它们的脸庞上。它们的背部长有金黄的长鬃毛。在灌县，我见过一张金丝猴的皮，上面的毛发达18英寸，售价12英镑15先令。金丝猴的毛皮被收集起来，运到王室做成毛皮外衣。也只有王室的人才有资格穿戴金丝猴的毛皮。

布鲁克在阿坝

笔者在距离1000码处射中的喜马拉雅斑羚

第五章
猎捕扭角羚

3月底回到成都的时候，我发现有一大堆的工作亟待完成。我日夜奋力赶工，很快便完成了任务。5月10日，我再一次踏上了前往部族之地的漫长旅程。早在去年秋天，我在撰写年度报告时就计划了这次旅行。当布鲁克先生了解到我的旅行计划后，非常希望与我同行，于是他也调整了他的旅行计划。当我到达汶川，布鲁克和米尔斯先生正在等候我来。我一到汶川便欲前往拜访索土司，希望从他那里得到一封写给我们即将前往的地区的土司们的介绍信。听说他还没有从南部的官寨回来，我感到非常失望。不过土司的文书告诉我，土司可能这几日就会归来，因为土司捎话，说自己已经在返回的路上。他的介绍信对我来说非常重要，因为我想要穿越的一些地区在这之前还没有任何外国人到访过。去年我拿着他写的介绍信，在穿越梭磨（Somo）、卓克基（Drukagi）、松岗（Ranga）、党坝①（Damba）、绰斯甲②（Chosschia）、巴旺（Bawang）、巴底（Bati）、革什扎③（Gaishechia）等的中心地带，以及虹桥关（Hungchiao Pass）和穆坪④（Muping）时起到很大

---

① 梭磨、卓克基、松岗、党坝，位于今阿坝州马尔康市境内。
② 绰斯甲，位于今阿坝州金川县境内。
③ 巴旺、巴底、革什扎，位于今甘孜藏族自治州（简称甘孜州）丹巴县境内。
④ 穆坪，今雅安市宝兴县境内。

的作用。这一次，我的计划是到更远的北边，并且穿过阿坝①（Nga-ba）、果洛克（Ngolok）和玉科②（Youkoh）地区，接着下行穿越革什扎。这将是一段至少耗时3个月的漫长旅行，我随身携带许多《圣经》，分发给沿途的喇嘛和能阅读的人。藏文在这些区域通用，但是口语却有所不同。我在杂谷脑的朋友完全可以帮我写介绍信，把我引荐给几位土司，但是我上次的旅行是从这里开始的。通过介绍信，我由一个土司介绍给另一个土司，从一个土司的管辖地走到另一个土司的属地上去。去年的成功便让我意识到遵照前例行使的重要性。

当我确定最好的办法是等待土司归来后，我们计划花几天时间去拜访羌民村寨。羌民的村寨坐落于群山上较高的位置，有许多村寨隐藏于山谷深处，在主干道上几乎看不见它们。我们听说另一群人正准备在这些大山里猎捕羚牛，决定去看看，去找寻羚牛和它们的栖息地，再看看羌民是否了解扭角羚这种奇怪的动物。据说羌民每年会捕获大量的扭角羚。

我有一个姓马的穆斯林朋友住在汶川街头，他与羌民交往密切。现在他拥有大片由当地羌民耕种的土地。羌民把自己耕种的土地抵押给他，并且暂时没能把土地赎回来。羌民的地契都到了他的手里，这时羌民发现他们在从这个人手里租用自己的土地。正因如此，他对羌民的控制力与索土司对于瓦寺的权力相差无几。

这个穆斯林最初是一个贫穷的男孩，在街上卖烤饼，每便士售4个。他拥有精明的经商头脑，并由此开始积累财富。他65岁的时候，已经拥有了两百多头骡子。骡队来往于松潘和灌县之间从事货物运输。他几乎买下了这片区域所有的黄金和麝香。他为农民提供粮食的种子，到了秋收的季节，他再从农民手上买下余粮并转手卖掉。他也是这里的乡绅，他解决的纠纷比地方官吏解决得还多。所有需要上交到更高

---

①阿坝，今阿坝州阿坝县。
②玉科，今甘孜州道孚县境内，又写为"余科"。

官吏手中的案子都会先交到他这儿。大多数纠纷由他解决后就不用再上报。每处理一起纠纷，他都会收取少量的费用。现在他已经非常富有，也是这个地区最有影响力的人。甚至有些地方官吏都从他这里借钱。这几年马先生对我很友好，得到他的信任就等于赢得了这里羌民和汉民社区的信任。

我们向马先生了解有关扭角羚的栖息地以及居住在西北方向峡谷和大山深处的人们的情况。他立马为我们找来一名向导，并且捎话给一个羌寨的寨主。寨子立在高山之中，尽管之前还没有任何外国人进

露营地晚餐，何翻译、布鲁克先生的厨师以及两名苦力头

入过这个村子，我们发现寨主和寨子里的很多人早已站在村头迎接我们的到来。他们非常热情，一路陪着我们走到寨主为我们准备的住处。我们与聚拢来的村民尽情交谈，度过了一个愉快的下午。村民们主动提议为我们选派猎人，带我们到扭角羚常常成群出没觅食的地方。我们决定跟随这些猎人去碰碰运气，看能否猎获到扭角羚。

第二天，我们带上可供3天的物资，一大早就出发，沿着一条我们来回横穿了无数次的小溪一直前行。有的地方必须涉水，水深及腰，冰冷刺骨。这条溪水源于四周积雪覆盖的山顶。中午，我们来到了一个早已废弃的伐木工小木屋。由于外面在下雨，我们的人开始在木屋里准备午餐。但是火还没生起来，他们突然着了魔一样，惊恐万分地冲出木屋，四散开去。他们有的在地上翻滚，有的用自己的帽子拍打自己，还有的人甚至发疯似的撕开自己的衣服。这一幕让我们觉得他们仿佛惊扰了致命毒蛇的洞穴。事实上，他们真正扰动的是一窝不寻常的跳蚤。我从未见过这种跳蚤。这种跳蚤有加拿大小型的黑苍蝇那么大，并且攻击力极强。苦力们的脸上、手上、脚上和衣服上爬满了这种跳蚤，它们每叮咬一口，便留下一个豆大的红疙瘩。就算被一窝大黄蜂袭击，苦力们也不会像现在这样惊慌失措，惊恐万分。不用说，我们放弃了这处小木屋，找到了另外一个地方扎营，当然只能在暴雨中用餐。

4点，我们到达密林深处。这里有许多扭角羚的足迹，但是并非近期留下的。我们向上攀爬，来到了雪线附近，并且找到了一处樵夫的小屋。这个木屋是用木板做的，屋顶铺设着树皮。苦力们躲在里面休息。我们砍了一些云杉枝来支撑木板，尽量在山边铺一块平一点的地方来设帐篷、铺床铺。但是我们却无法铺平屋顶以防止漏水。我们的衣服湿透了，帐篷也在漏雨。我们浑身湿透，仿佛一群落汤鸡。幸运的是这里有一大堆柴火。我们在苦力的小屋里燃起了一堆巨大的篝火并围坐在周围，每个人都尽量避开从侧漏的屋顶上渗下来的混浊的雨水。

晚饭过后，我们回到了帐篷里。我们用树枝铺的湿润的床铺在我们的反复踩踏下变得舒服了许多。第二天一大早，我们听到了一种野生动物发出的刺耳的尖叫声，但是我们当中没有一个人能确定那叫声到底属于哪种动物。

早餐过后，我们跟随当地的向导分别向着不同的方向出发。我穿越冷杉林来到杜鹃林，其中一座山峰顶端的积雪仍然很厚。我能找到的只有动物的足迹，大多数都是几天前留下的。我还发现了两个用来猎捕动物的古老陷阱，即索套。这些索套用弹簧杆支撑，末端原本放着一把锋利的刀。一旦猎物的腿脚触碰到陷阱，树枝的弓力就会发射尾端的刀刺向猎物前肩之上的位置。

这些索套是樵夫或猎人于去年安置的，他们已经取走了刀，所以这些索套已经没有了杀伤力。我们的一名向导给我们看了他大腿上一处由索套造成的伤疤，索套上的刀直接穿过他的大腿并刺入另一条腿。猎人们在穿越这片森林的时候都会非常小心地避开这些危险的索套。

一天，我们正坐在山顶吃午餐，突然间传来巨大的轰塌声。声音如此巨大，我们感觉大地像是被劈成了两半，就连经验丰富的猎人们也面露惊骇。原来是发生了山体滑坡。一座山脉的一部分向谷底塌陷下去。我们沿着山边狭窄的羊肠小道行进，一不小心便会跌入几百英尺深的山底。我们又再一次顺着架在悬崖上的圆木制作的木梯向上攀爬，有些地方木梯上爬满了葡萄植物。我们一直爬到感觉头晕眼花为止。对于我来说，那些扭角羚是如何到达这些如此险峻的地方的，我觉得很神秘。通常情况下，早春季节，人们会在这里发现扭角羚。冬天，扭角羚生活在隐秘的山谷，夏天迁徙到平原觅食青草。这里是扭角羚迁徙途中做短暂停留的地方。我们发现了很多扭角羚最近留下的足迹，但不走运，如此完美的生物我们一只都没有遇上。

我们站在高耸入云的山顶观赏景色，对大自然的鬼斧神工充满敬仰之情，这一切无法用言语形容。人们经常说我们需要到教堂去认知上帝的无限力量，但是如果他们没有机会来到像这样美丽的地方，看到还没有被人类玷污的绝美的风景，他们是无法理解这些话语背后的真正含义的。世界上没有任何一个教堂能与上帝之手创造出来的自然美景相比。

我们收到索土司已经回到官寨的消息。为了节约时间，我们立马收起帐篷赶往汶川。来时的路上很难横跨的小溪由于大量降雨，水流变得更加湍急，水深已达肩膀处。在更加艰难和危险的情况下，我们成功地将苦力们安全渡到对岸。下行到达后，我到官寨拜见索土司，去争取我们等待已久的介绍信。然而这一次，他直接拒绝给阿坝和果洛克的土官写信，并说阿坝、果洛克与梭磨之间正在交火。我之前听了一些传闻，但以为没有那么严重。如果可能的话，我急切渴望能够穿越那些地方。索土司对我非常友好，在保证我不试图进入冲突地区之后，他给了我一封与去年相似的介绍信。与索土司道别后，我们返回城里，为次日的旅行做安排。

布鲁克先生和我继续沿着岷江峡谷一路西行，最远到达威州[①]（Weichou）。我们在威州跨越连接岷江和西河[②]（Siho）的索桥，沿着西河河岸上行，穿越一片贫瘠的土地。这里唯一的绿色是山谷和山坡上耕种的农作物。山艾是这里唯一的天然植物。

许多山顶上都可以看见羌民的村庄散布其间。这些村寨的房子用当地的灰色石头建造，与四周环绕的山脉颜色相近，因此很难同周围的大山区别开来。从威州到理番[③]（Lifan）至少有 50 000 名四川古代先民的后代，他们目前由政府管辖，近千年都没有过自己的首领。他们在许多方面采纳了汉人的风俗习惯。他们穿着粗糙的羊皮外套以抵御这段山脉常年刮起的刺骨寒风。女人们讲自己的方言，河对面的人们都无法听懂；男人们都说汉语，许多人讲得很蹩脚。他们中只有一小部分人能认汉字，但没有自己的书面文字。中央王朝正在其中一些村寨建学校，鼓励年轻人入校学习。我拜访了其中几所学校，那里的

[①] 威州，今阿坝州汶川县城。
[②] 西河，指杂谷脑河。
[③] 理番，今阿坝州汶川县薛城。

人们大都十分友好。

我接着拜访了理番，即保宁①（Paongan），那里驻有两个朝廷官员，一个文官，一个武官。他们通常管理着从西到北的大片区域，但是因为驻扎在这个区域的东南一角，因此他们几乎无暇管理梭磨、卓克基、松岗、党坝和阿坝等边远地区。这些地方由当地的土司头人管理。

当然，中央王朝也像对西藏一样申明对以上地区的主权：当朝廷官吏到达这些区域时，当地必须无偿提供交通运输所需骡马及劳役；每隔七年，各土司必须带上各自的地方特产到北京朝贡。

在理番，我们拜访了我的老朋友王先生，他是当地的文官。王先生非常友好，他尽力劝说我们不要进入北边的阿坝，并告诉我们他不能给我们颁发进入该地的任何许可。他甚至把总督下达的严禁任何外国人进入这一地区的命令拿给我们看，据说是因为去年一名德国的旅行者进入果洛克后遭遇了棘手的问题。

我是他的老朋友，颇费唇舌之后，他最终给了我们一份通行许可。通行许可上注明我们可以前往我们希望去的地方，仿佛是我们哪儿都能去。但是王先生再次口头警告，一定要十分小心，不要惹上什么麻烦；一定要远离那些正在发生冲突的地区。

王先生让同一名老领班（Lingpan）兼护送陪同我们，他去年曾受命护送我完成旅行，我顿时倍感安全。同时我也感到很开心，因为那位德国人去年遭遇的麻烦并没能影响或阻止我们进入这些最为有趣的地方。

在理番，我见到了老朋友高守备（Colonel Kao）。他刚从杂谷脑过来办事，十分诚恳地邀请我们到他的衙门住一晚。

在去杂谷脑的路上，我们在另一个朋友苟守备（Colonel Gou）家

---

①今薛城。

住了一晚。苟守备掌管着甘堡 (Kamba)。他对我的再次到访非常高兴，虽然他们拥有的不多，但仍尽其所能为我们提供最好的招待。这些官吏保持着封建的生活方式。他们拥有许多仆人，这些仆人从出生开始就是仆人的身份，实际上也是大家庭的一员，或者说至少在很多方面他们被当作家人。然而，这些仆人与自己的男女主人和家庭成员之间保持着一定的距离，并十分尊敬自己的主人。看得出这些仆人非常开心。平日，会发给他们衣服和食物。他们进城时还会有零花钱，但是他们没有固定的工钱。

想要了解这些地区人们的真实社会生活，不妨再次与我一同拜访一个世袭守备的家庭。我将尽量简洁、全面地描述这次拜访。

苟守备及家人

当我们到达守备官寨的时候，守备或许还有守备夫人在大门口迎接我们的到来。守备夫人大约40岁，非常漂亮。接着我们被引领着走进大门，来到大楼前面的院子里。这里是夜晚关养所有牛羊马匹都关在这里，周围有谷仓、储藏室、马厩和牛棚。

随后，我们登上一个陡梯到达二楼，二楼有接待室和客厅。我们被引领到一个大房间，围着一个桌子坐下来，开始与守备聊天。如果已经与客人熟悉，并且想表示特别的欢迎时，守备夫人会亲自端上一种自酿的甜味青稞酒请客人品尝，或是由女仆人或下人端上甜味酒。这时女主人会特地将自己的手镯和项链戴在仆人身上。如果有人不想喝这种青稞甜酒，就会有茶端到他的桌子上。

守备向我们讲述他与黑水人交火的经历。我们在马塘见到了黑水人的那位驼背首领。据说黑水人突袭自己的领域以北时，守备出动了1000名自卫队士兵前往征战。如果我们有时间听守备讲发生在这些部族之间的游击战，守备会用好几个小时兴致盎然地讲述每次战役发生的地点和经过，并以精彩的故事娱乐大家。但是我们必须回到宗教和习俗的主题上。

当我们坐在客厅的时候，一位高挑、端庄的女士和她的两个女儿优雅地来到客厅。一个女儿10岁，另一个13岁。她们都穿着漂亮的刺绣裙子和上衣，腰间系着手工编织的漂亮腰带，头上戴着蓝色的方头巾。她们的头发编成两条长长的发辫交叉系在头巾上，发辫上装饰着银环，银环上点缀着红珊瑚和绿松石。两个女孩刚来到陌生人面前时有些腼腆，但是很快就变得随意自然。

不一会，仆人来报告晚餐已经准备好了。桌上有面饼、面条、炖野味，以及一些甜味肉。仆人们跪着递上更多的青稞甜酒给好酒的客人。

太阳落山的时候，仆人们赶着牛羊和马匹从地里返回，并在黑夜来临之前将牲畜关进牛圈里。

当每一名仆人走来时，不论男女，他们都要来到女主人身前，单膝跪地致礼，女主人也对他们的付出逐一表扬。当守备的女儿想要向母亲提出任何请求时,她也要用同样优雅的方式。

另一天我们见到的场景不禁让我们联想到欧洲的一些习俗。

当守备的孩子从地里返回,单膝下跪向他们的父母请安时,守备的仆人和下人也以同样的方式向守备夫妇请安。他们都住在同一屋檐下,吃着相同的食物,主人的孩子与下人的孩子一同玩耍。他们是亲密无间的好朋友,保持着友谊。但他们从不忘记自己的身份,越矩行事。

仆人们住在舒适的房子里,过着无忧无虑的生活,他们能得到任何想吃的和想穿的。有时主人会给他们一些零花钱。他们完全不向往城市生活,他们优美的歌声时常回荡在山谷间。他们的确是一群快乐的人,我从没见到过像这样快乐的大家庭。

晚上,他们坐在厨房的火塘周围聊天、唱歌,享受家庭舞会。

我们已经是老朋友了,因此被特邀来到厨房参加晚上的娱乐活动。

我们被引领着穿过走廊,爬上木梯,来到官寨后面的一间大厅。这个房间约40英尺长、20英尺宽,房子中央有火塘,火塘里有三个铁三脚架,上面有三个大的铁罐。火塘里的火正旺,火灰里烘烤着玉米饼。周围墙上有木隔板,陈列着各类漂亮的铜器,火光照在上面,反射出金色的光芒。

下人们打开一些老旧的柜子,取出非常精美的衣服和面具。他们马上要表演了。故事的情节是这样的:一个年轻小伙子被一个女孩抛弃后,逃到大森林里,变成了一只猴子。一日,首领来到森林里狩猎,当他看见一只猴子并正准备举枪射击的时候,发现这不是一只猴子而是一个人。于是首领将他平安带回,并交给他心爱的女孩。从此他们过上了幸福美满的生活。

这场节目表演结束后,他们又为我们展示另一场本地舞蹈。

女孩们站一排,男孩们站一排,一些人手执串铃。舞蹈的一部分是情景再现,讲述的是邻近部落正在打仗,其首领前来请求支援。女孩们向心爱的人挥手道别。当他们绕着火塘跳舞的时候,首先展示了道别的场景,然后是迎接从沙场归来的勇士们。整个表演非常优雅,而且引人注目。守备夫人是仪式的总指挥，她的两名女儿和儿媳是整场演出中最优雅的表演者和站在队伍前面的领舞者。

这就是他们度过一个愉快夜晚和款待贵宾的方式。

屋子正中央放着一坛青稞酒，上面插着几根比稻草秆粗的竹管。有谁口渴了，便上前走到酒坛边，手握竹管猛吸几口青稞酒，然后又回到队列中。

这会儿已经很晚，我们必须休息了，而表演者们即使白天已经在地里辛苦劳作了一整天，第二天早上太阳一出来就要出门干活，却依然兴致勃勃，恳请我们再待一会儿观看下一个节目。如果我们再待下去看完节目的话，可能要待到明天早上。

"总指挥"一声"够了"，大家都安静下来。这时，罐子里的食物被盛到桌上供大家享用。一整晚，女主人的一只眼监督着节目过程中每个人的表演是否得当，另一只眼从来没有离开过火塘上正在烧煮的罐子。

吃了一大碗面条和野味汤后，我回到自己的房间。我们的房间紧挨着守备的房间，酣然进入梦乡，直到第二天被仆人的欢笑和脚踏木板的声音吵醒，他们正将牛群赶往牧场，随后将前往地里干农活，直到太阳西下时才回来。

与他们交朋友花了一些时间，但是现在他们把我当成他们中的一员，还说："你与我们所听到的洋人很不像，你和我们一样。"他们的家对笔者敞开着。同样，他们中的任何人来到成都，笔者的家也为他们敞开着。①

在这里，每个家庭的一名成员必须时刻准备着为中央王朝出征打仗。在和平时期，他们的年饷大约为5先令，一旦出征打仗，则可以得到15先令的月饷。

这里有5个这样的军营，它们都有各自的守备，汉人称为五屯②

---

①以上内容摘自原书第18章。
②位于今阿坝州理县境内。

苟守备夫人和她的女儿们（原照存于英国皇家地理学会）

（Wutun，意为5个军营），每个屯有一名守备统领。五屯分别是上孟屯（Shangmungtun），下孟屯（Shamungtun），九子寨（Kintzechai），甘堡和杂谷脑，其中杂谷脑是最重要的。

每个屯大约有600到800名男人。我分别拜访了这5个屯，那里的守备和民众都非常友好。刚开始他们对我怀着戒心，但现在我们成了最好的朋友，我常被邀请到他们居住的官寨或是衙门，并且得到盛情款待。

这本书讲述的主要是旅行故事，所以我不会用太多的篇章详细描述这些人的风俗习惯。但是值得一提的是之前这片山谷由一名最强悍的部落首领掌管。他反叛了朝廷，朝廷派了大批军队来消灭他，把他赶下台，坐落于杂谷脑镇附近的官寨被夷为平地。首领被俘虏处决，之后由5名朝廷指派的守备驻守上文提及的地区并掌管5个屯。他们迎娶当地首领的女儿为妻，地方首领得以获得世袭官职。他们都忠于朝廷。我们用了两天的时间拜访该地，并到访一处大寺院，按着出发前往杂谷脑，去拜访高守备。他执意让我们住在他家里，而不让我们住在客栈。

米尔斯先生本应在杂谷脑与我们会面，但是还没有他的任何消息。在我们离开杂谷脑一小段时间后，他到达杂谷脑。经过这段搜捕扭角羚的艰难之旅后，他已经筋疲力尽。他派了一名苦力在10英里外追上我们传信。布鲁克先生返回杂谷脑去看米尔斯先生获得的兽皮，安排将兽皮运回成都的事宜。我接着独自前行，后来他们快马加鞭赶路才追上我。5月17日，米尔斯和我们分头行动，他带了三名猎人、一名苦力、一套简易的铺盖和很少的食物。他们用了三天的时间，艰难地穿越最危险的山路，最终到达了一处据说有许多扭角羚出没的地方。由于山上太过陡峭，要找到一处能搭起帐篷的营地都十分困难，他们不得不在向外延伸的岩石峭壁下扎营。卸下行李后，米尔斯先生提上来复枪出去寻找猎物。很快，在距离他们的营地不足200码的地方，他发现了母扭角羚和扭角羚幼崽新近留下的足迹。他顺着这些足迹走了很长一段路，直到追踪着它们横跨过了一条小溪。小溪对岸它们留下的足迹表明它们刚离开不久。米尔斯先生继续跟着扭角羚的足迹穿过茂密的竹林，这时夜幕降临，他不得不放弃追捕，返回营地。

第二天，他们又找到了扭角羚的足迹，并随着足迹来到一处扭角羚经常聚集的盐泉。盐泉四周布满了猎物的足迹，但是猎物在此只做了短暂停留。他们循着足迹一直走到山顶，这时已近黄昏，他们不得不再次放弃追捕。之后的一周，他们从早到晚都在山上搜寻，但再也没发现扭角羚的任何踪迹。

这一天同往常一样，天刚亮他们就起来。早餐是腊肉和米饭。早餐后他们出发上山。山势陡峭，他们一路借力杜鹃花的树根向上攀爬，有时又撤到低一点的地方，接着又爬到令人缺氧、呼吸困难的高度。最让人沮丧的是这里好像没有任何动物的痕迹，仅有那么一两次，他们看见了一只鼠兔。然而有一次，米尔斯先生遭遇了一大群小鸟的攻击，那些小鸟仿佛从天而降。当日他正坐在树下休息，这时突然不知从哪里飞来一群棕色的小山雀，这群山雀大约有50只，它们将米尔斯先生团团围住。米尔斯一动不动，它们变得更加大胆，第一只山雀停在他的来复枪上，第二只山雀站到他的肩膀上。其他的跟着上下飞翔跳跃，用它们刺耳的恶语"攻击"这名侵入它们领地的陌生巨人。最后米尔斯先生不得不离开，符咒才得以解除。之后的几天，这片荒野再也没出现过任何鸟类，同时这里也没有任何扭角羚的踪迹，除了有次猎人们独自行动时见到一只扭角羚。但是当时他们的枪是湿的，所以无法射击。高山顶上下着雪，无论昼夜，猎人们所在的地方倾盆大雨下个不停。

这样的天气持续了10天，食物所剩无几，米尔斯先生还需要翻越几座陌生的大山与我们会合，所以他下令收拾行李，准备返回。他前往盐泉想最后去碰碰运气。到达盐泉后，他惊喜地发现了扭角羚母子新近留下的足迹。他立刻沿着足迹追踪，在几小时的攀爬后，他终于发现了它们。他向猎物射击并打伤了母扭角羚。母扭角羚伤得很重，但还是挣扎着往山下逃，没逃多远，米尔斯先生在100英尺高的悬崖边给了它致命一击。

猎人们跑去追捕那只扭角羚幼崽，很快他们便把它架在肩膀上扛了回来。在他们给扭角羚拍完照片并把扭角羚皮剥下来后，天色已晚。他们砍了许多大型的冷杉树木，生起一堆巨大的篝火，整晚围着篝火烤制并享用扭角羚肉。扭角羚幼崽的肉很像美味的乳牛肉。第二天早上，小扭角羚的肉所剩无几，只剩下一堆骨头。

后来米尔斯先生告诉我们，他永远也忘不了第二天清晨的景色。他们的帐篷搭建在高处的松树林中，太阳自碧蓝的天空冉冉升起，明媚的阳光将环绕在他们周围的雪峰渲染出最灿烂的颜色。这一切是如此完美，让他感受到周围世界的宁静。

米尔斯先生成为射杀扭角羚的第一位欧洲人，他的同胞尚未见过这种动物的活体。这一路捕猎扭角羚的艰辛都得到了回报。当然，不仅如此，他们还享受了一顿非常美味的晚餐。

他回到岩洞里，猎人们将两副扭角羚的皮毛、头、骨头和剩下的肉背下来。因为根本就没有可以行走的路,所以米尔斯先生完全无法想象他们是如何从悬崖峭壁上将这些东西带下来的,而且他们每人的负重至少有100多磅。

第二天早上,他们扛着被褥、猎物的皮和骨头出发,翻越山脊与我们汇合。

这是阴雨潮湿的一天,河岸上根本没有路可以走,他们步履艰难地沿着河谷前进,大多数时间他们不得不在水深及腰的溪水中行走。

当时米尔斯先生正走在队伍的最前面,突然他看见了一只驼背、灰毛、黑角、短腿的生物在距离他300码以外的山腰上一处开阔地上跑过。那是一头公扭角羚。他立马举枪朝它射击,扭角羚被击中,但它迅速逃离。米尔斯先生来到扭角羚被击中的地方,在地上发现了一

米尔斯先生射中的扭角羚

布
鲁
克
在
阿
坝

大摊血迹，这证实扭角羚伤得很重。他们沿着足迹追寻了一段距离，但是突然下起了暴雨。雨水冲刷掉了猎物所有的痕迹，最后他们不得不放弃追踪。

他们艰难地向山腰攀爬，直到黑夜来临。他们把帐篷搭在一棵松树下并在那里过夜。黎明时分，他们又踏上了狩猎之旅。他们结束了溪流边的路程，开始艰难地往山上攀登。在辛苦地攀爬了几小时后，他们到达树线，并进入一片开阔地带。那里刮着刺骨的寒风，冻住了他们的衣服，像锋利的刀子一样刺进皮肤里。就在当日，米尔斯先生见到许多硕大的黄色高山罂粟花。这些鲜花不畏严寒，迎风开放，罂粟花的花瓣和花蕊都穿上了晶莹透亮的冰衣。可以想象，这些野生罂粟花要在这样的气候条件下生存下来得有多么坚强。他们翻越垭口，来到北部的山坡后才逃离了寒风的魔爪。但是他们发现，呈现在他们眼前的是皑皑白雪，没有任何可见的道路和足迹。

雪深至膝盖之上，苦力们肩扛重物，几乎被冻僵。米尔斯先生只得走到最前面去开辟一条路来。他的草鞋已经破损，剩下的旅程他几乎是光着脚丫走完的。经历了重重困难之后，他们来到了树线区域，终于可以生火取暖。他们在这里发现了一条旧的木滑道。他们沿着木滑道快速下行，很快便发现自己已经身处温暖和煦的杂谷脑山谷。到达杂谷脑后，米尔斯先生发现我与布鲁克先生已经于一天前离开。由于他身上没有钱付给雇佣的人，便让一个苦力来追我们，让布鲁克先生返回。布鲁克先生返回杂谷脑后，看到了完整的扭角羚皮，他非常高兴。虽然他自己没有射到扭角羚，但因为他的旅行同伴成为第一个射杀到这种神奇而隐秘之物的英国人，他仍感到高兴。猎物栖息的地方是大山深处最难进入的区域。

这种很少被人熟知的动物站立时，高度与小公牛差不多高，但是却比小牛重很多。扭角羚的腿短而粗，脚掌的形状与山羊差不多，只是比山羊蹄大了许多。我之前还见过扭角羚留下的直径至少6英寸的足迹。它们长着鹰钩鼻、黑色弯曲的角、短小的耳朵。母扭角羚的毛是奶白色的，但大多数公扭角羚的毛是红灰色的。它们拥有像山羊一样短小的尾巴，长相在某种程度上与麝牛相似。春天，母扭角羚会带着小扭角羚四处觅食，出生3天后，小扭角羚便可跟随母扭角羚游走四方，并且在一个月大时就会断奶。初春，他们只吃一种长在谷底像大黄或是牛蒡的植物。6月，他们会聚集在盐池地，之后渐渐聚集起来的扭角羚越来越多，在树线之上的草地觅食。

　　当这种动物聚集到一起的时候，当地人都非常惧怕。他们说如果畜群里有一头扭角羚受伤的话，整个扭角羚群都会找猎人报复。每一个扭角羚群都有一头老公牛充当头领，其他扭角羚跟随它的脚步去往任何地方。一个老猎人告诉我一件真实的故事，据说有一次他在一处非常狭窄的山路上遇见了一个小的扭角羚群，他举枪射中了扭角羚群的头领，它应声摔下悬崖，其他的扭角羚立马跟着它纵身跳下几十英尺深的悬崖。我从得到的扭角羚皮断定，一些扭角羚很可能体型巨大。

前往扭角羚栖息地的羊肠小道

第六章
前往梭磨

布鲁克和米尔斯先生将扭角羚的皮晒干并打包，然后他们穿过一座悬臂桥去河对岸拜访高守备。正当他们与高守备聚在一起喝茶聊天的时候，突然听见崩塌的巨响，他们立马冲出房子去看究竟发生了什么事情。他们发现自己刚刚通过的那座悬臂桥垮塌了。据说这座桥已经有 40 年的历史，高守备抱歉地说道；"之前从来没发生过这样的事情。"由于悬臂桥垮塌，他们不得不沿着河岸向下游走了 5 英里，找到最近的可以返回河对岸的桥。

　　1908 年 6 月 4 日，布鲁克和米尔斯先生出发来追我。他们走得很快，我又在途中游览了许多地方，所以他们只用了两天就追上我。他们走的那条道路距离西河河岸很近，沿途风景如画。他们不时需要跨越到对岸，以回避河岸上非常常见的、从河里斜撑出来的巨大岩石。

　　我们超过了一群前往马塘运送茶叶的骡队。这种茶是茶叶中的次品，它看起来更像干枯和半腐的桦树枝叶而不像茶，闻着有一股霉味。但是比起品质上乘的茶，部族人好像更喜欢喝这种茶。

　　在最初的 20 英里行程中，我们路过了几个部族人的村庄，在北面和南面的沟壑里还有许多大路上看不到的村寨。走过一片耕地后，我们来到大河边一处非常狭窄的河谷。高耸的山脉看起来大约高 6000 英尺，由于山太高大，每天阳光照到山谷的时间仅有两小时。这里确实是孤立于世，唯有河流的咆哮和鸟儿的欢歌打破周围的寂静。穿过这

第六章　前往梭磨

布鲁克在阿坝

负重370磅茶的苦力

一峡谷后，我们到达了一小片空地。那里仅有一座房子，名为新店子①（Sintientze）意为新客栈。客厅中央火塘里的烟雾长年累月的熏烤已经把房椽和屋顶都熏成了黑檀色，所以我估计这座房子至少有100年的历史。接着我们继续在一条宽一点的峡谷里穿行，沿途有一些零星分布的石头房子。接着我们到达了杂谷脑和梭磨的交界处。我们终于到达完全由世袭土司管理的地方，土司之下又有许多头人负责管理土司王国的大小事务。我们计划在梭磨地界至古尔沟②（Kouerhkou）之间留宿一夜。我们穿过麦地和青稞地。当地人都非常友好，当我们从他们的小屋经过的时候，他们都迎出门外打招呼。我们与他们友好交谈。

当日晚上7点30分，我们到达路边的小客栈。这个客栈坐落于距离古尔沟部族人城堡约半英里的地方，当地的头人在山坡上拥有一座宫殿般的城堡。整个城堡大门紧闭，看起来无懈可击。我们决定不在路边的简易栅舍过夜，而想要进入城堡必须想办法用点技巧。在这里有必要向读者解释一下，对一名陌生人来说，要在这种城堡得到落脚的地方非常困难。目前正值采挖和买卖中药材的季节，大路沿途有供苦力和旅行者住宿的小客栈。这些客栈实在太脏，对外国人来说，要在那里过夜几乎是不可能的。有时我因没有带帐篷，不得不在路边小店将就。但是这一次我下定决心要在城堡里找到更好的住所。我让翻译上山去拜见寨子（Chaitze）的寨首，我则在路边的客栈等待。我的翻译是党坝人，还是我的朋友高守备的亲戚，他自己非常容易找到落脚的地方。

我们的计划是这样的，高翻译先去请求房东为他提供过夜的房间，然后告诉房东，高守备的一个朋友在下面的客栈等候，他也需要借宿一晚，但是并不告诉房东这个朋友是个外国人。当高翻译得到允许后，他向山下高喊，示意我上去，这样我就能够在老头人还没有发现我是

---

①新店子，今阿坝州理县境内。
②古尔沟，今阿坝州理县古尔沟。

布鲁克在阿坝

高翻译

外国人之前进入城堡。我之前两次的旅程都是由高翻译陪同,我也见证了他的足智多谋,我完全相信他能演好这出戏。一切都按着我们的计划顺利展开。事情败露后,开始头人有些生气,但当他发现我去年曾经来过,他变得友善了许多,聊了不到半小时,我们成了好朋友。

　　头人将房顶上一间小巧精致的房间让给我,我铺好自己的床铺,把房间收拾得更加舒适。吃过晚饭后,我下楼来到房东和家人居住的地方,中间最大的屋子里燃起了一个大火堆,在火堆上面是个巨大的铁三脚架,上面架着三个做饭用的大锅。我们围着房子中央的火塘盘腿席地而坐。在这一地区,人们从来不用椅子或者长凳。接着我们闲聊到了深夜。女主人非常担心她的女儿,几周前,她女儿因为不听话被惩罚后离家出走。老母亲非常期望我能通灵,告诉她女儿是否会回来。

　　她非常确信我有这个能力。我跟她解释说世界上没有人拥有预知未来的能力,这只是僧人赚钱的一种方法而已。她半信半疑,但还是相信这其中一定有什么奥秘。部族人通常迷信手相术,刚好我最近阅读了手相术方面的书籍,我看了女主人的手相,并告诉她会健康长寿,这让她喜出望外。她现在大概有65到70岁,所以我善意的谎言也不会出大问题。这时我们变成了很好的朋友。第二天,他们热情挽留我们再多待一天。因为我也很渴望去这里北面的山谷看看，于是我愉快地答应了。睡觉前，主人为我准备了糌粑①（tsamba）和茶，这是常见的部族人食物，用炒得略焦的大麦做主食配酥油茶。正如我之前在书中提过的一样，糌粑的吃法是先将茶和糌粑混合成浓稠的糊状，然后再用手捏拿，直到可以放在手上，仿佛拿着还没有烤制的蛋糕。因为糌粑之前已经炒制过，所以在饥饿的时候吃起来非常美味。事实上，酥油茶非常像浓汤。这些食物对外来人来说，看似非常奇怪，但的确营养丰富，这里的人都靠食用这些食物得以保持身强力壮。吃过晚餐，补充了能量之后，我回到位于屋顶的房间休息。当我离开的时候，火塘里的火苗还在燃烧，房东一家围着火塘睡下，将脚丫伸向火堆取暖。他们将自己裹在羊毛或者羊皮做的袄子里入睡，仿佛他们从不介意身下的地板有多硬，木地板是他们所知道的最棒的床。

第二天，我们早早吃过早餐，去山谷里拜访另一位头人。我们沿着溪边的小路走了几小时，一路上有几座水磨坊和一些由水推动的大转经筒。这些转经筒里面都放着一卷卷羊皮纸，上面仔细书写着规定的经咒，例如"唵、嘛、呢、叭、咪、吽（Om! Ma-ni pad-me Hung）""莲花之上如意宝（至尊上师）"。这是藏传佛教最标准的祈祷内容。当然这些经筒里还有很多其他类似的经咒被严实地卷成筒状包裹在里面。这些转经筒夜以继日地被流动的溪水转动着。

在这片粗犷和迷人的大峡谷中，大自然的无限美景随处可见。溪流的岸边生长着茂密的灌木丛，树丛中各类鲜花竞相争艳，空气中弥漫着丁香和其他花卉的芳香；蜜蜂发出"嗡嗡"的采蜜声，鸟儿欢快地歌唱着。我被大自然的美景深深吸引，陶醉其中。但是这片土地却少了勤劳的部族人的歌声，我失望地发现，原以为人口稠密的山谷其实人烟稀少。

当我们到达村寨的时候，发现大多数房子都在去年被烧毁了，除

---

①糌粑，藏语音译，意为青稞炒面。

了烧焦的外墙，房屋已经所剩无几。这里唯一的生命气息是编织粗麻衣的妇女和捶打亚麻的少女。这里大多数人都去山上放牧，或者去雪线附近的高山上挖药材。挖药材对于当地人来说是非常普遍的行当。一般情况下，他们每年6月和7月外出挖药材。这时，他们的粮食正在地里生长。8月，年轻人从山上返回，他们在农田里愉快地挥动镰刀收割庄稼，少男和少女愉快的歌声又会回荡在村庄和山谷里。

　　这里的人之前从来没有见过任何外国人，因此在外国人面前非常羞怯。经过一番打听，我找到了当地的头人并且与他交谈了几个钟头。他并没有邀请我到他家里，但仍十分友好。当他得知我暂住在附近古尔沟头人的家中时，他告诉我一条从这里出发穿过群山能到达黑水峡谷的路，有名的黑水部落就在那里。他们控制着整个黑水峡谷，那片土地至今还没有任何欧洲人到访过。我有来自黑水头人达若旺钦①（Daerhwangchen）的邀请信，我希望有一天能够探访那片禁地。

　　与头人一起享用了一些茶点后，我踏上折回山谷的道路。一路上我们唯一遇见的是一些归来的砍柴人，背着几大捆木柴；还有两个卖酒的汉人正朝着我们刚离开的村子行进。这里的人们好酒，他们自己用大麦酿造适度的青稞酒，也非常喜欢汉人酿造的65度烈酒。实验证明，将一根点燃的火柴丢在酒里，马上就能燃起来。卖酒的商人或是买了酒的当地人有时会往里面加水，但是人们通常还是喜欢直接享用纯酒。他们把酒装在一个外形像小罐、有吸管的土陶里，在陶罐把手的上方有供人吸吮的壶嘴。通常人们会先把陶罐加热，然后再从陶罐里吸酒来喝。他们不介意吃冰冷的食物，但他们的酒必须是热的。当一名部族人喝醉了以后，你最好敬而远之或是放任他为所欲为，他的任何建议你最好都回答"是的，是的"。如果你不照着做，便会激怒他，他甚至会抽出平时佩戴在腰带上的短剑或者匕首。尽管他们在清醒的时候非常友好，但喝醉了以后可能会瞬间变成你最可怕的敌人。

---

①达若旺钦，达若，意为头人。

这里只有少数人吸食鸦片，但是这一灾难的确降临到了一部分家庭。鸦片对于部族人的影响远大于对汉人的影响。吸食鸦片的部族人很快上瘾，并且完全沉溺其中，在很短一段时间内便会被鸦片摧毁成废人。导致这一现象有两个原因，一是出售给部族人的鸦片大多数都是由鸦片烟馆抽剩的鸦片灰制作的；二是部族人思想单纯，当他们沉溺于一种习惯后，无法对抗其影响。

第二天早上，当我准备启程时，头人安排了一支由一名年长的女

两名头人（原照存于英国皇家地理学会）

人和两个少女组成的护卫队护送我们。这个地区的习惯便是由女性将旅行者从一个头人的领地护送到另一个头人的领地去。我能想到的唯一合理的解释是可能当地的男人经常出门打猎，而女人则待在村子里照看家和打理地里的庄稼。这一带的妇女和女孩与汉人女子大不相同，她们随意自由的交流方式使他们更像是美国、法国或者斯堪的纳维亚的女性。我们的女护卫随着旅行队伍一路同行，她们与我和我的翻译自由地交流，仿佛她们是这个世界上最快乐的人。与她们交谈的过程中，我对她们不善用水清洁自己进行了评论。我说，如果她们能把自己清洗干净，那她们一定会非常漂亮。为了说明问题，我指着自己的

黑水铁匠和他的妻子

脖子说:"如果你用肥皂和水清洗自己的脖子,你的脖子肯定和我的一样白。"我说这话是因为当时她的脖子黑得跟非洲人的脖子似的。这个女孩大约18岁,当她听到这话后,立马非常尖锐地回答说:"是的,你的皮肤可能很白,但你的心比我的脖子还黑。"我没想到我的话伤害了她,但我还是要保持优雅的风度。等到旅行结束的时候,她们将获得一小串钱和我们对她们的感谢,感激她们在艰难但是非常美丽的旅途中陪伴我们,帮助我们背负行李行走5英里表达的感激之情回家。如是,我希望旅行结束的时候,她能意识到我的心比她想象的要白。收到佣金和感激的话语让她们倍感意外,因为如果她们陪同的是地方官吏,她们能得到的或许是辱骂。即使官吏自己很有礼貌,他的手下也会这么做。她们很少从外人那里获得善意,但她们对于自己人充满关爱,一路上我从来没听见她们之间有过任何争吵。

我们沿着河的西岸走了20里(大约5英里)。当我们再一次跨越另一座悬臂桥到达对岸后,进入了一个物产丰富的山谷。这里有4个村庄约 300 户。我们将行李放在丘地①（Cheoti）村一栋楼房的楼顶，并在相当舒适的房间里度过了一晚。布鲁克和米尔斯先生在这里赶上我，从这里开始我们结伴旅行，最远到达绰斯甲土司的官寨所在地周山②（Chowser）。

我们到达后过了一个半小时，从西边赶来一名委员（Weiyuan），他是被四川总督委派来发展教育的。他的任务是在这些地区建立学习汉文的学校。他趾高气扬地走在路上，这让当地人非常反感。他的行为举止影响了他的声望，没能为他赢得当地人的尊重和帮助。当他看见我们在一幢房子的屋顶上时，就下马径直走了进来。楼梯口也是排烟口，我们能在烟雾中感到他的脚步临近。当他爬完所有的楼梯，来到屋顶站在我们身旁时，他眼中含着泪。当然，这绝不是悲伤或同情

---

①今阿坝州理县境内。
②周山，今阿坝州金川县周山。

部族人表演的喜剧

之泪。他咒骂着这里的浓烟，咒骂着这里的房子和居住在这里的人。他骂完后调整了自己的呼吸，接着质问我到访的目的，我是如何在这里找到住处的，还有我将前往何处等。

然后他向我们介绍这里充满"敌意"的部族，他说外国人来到这里是非常危险的，并且开始强调让我跟他返回内地的重要性。作为回答，我反问他："这片地区归哪里管辖？难道不是像地图上标注的那样属于四川省吗？我的旅行通行证可是四川省的。"当他发现这样与我争论毫无结果时就改变了方法。他告知我前方的道路根本无法通过，河流的水位已经上涨到无法横跨的高度，前方的大山垭口积了很深的雪，如果我们试着翻山肯定会被冻死在山上。我没吱声，听他讲完所有的话，接着问了他一个问题："你从哪来？"他告诉我他是如何离开成都然后到达小金（Siaochin）河谷，接着穿越垭口到达卓克基，并向上游行进，到达梭磨，翻越吃苦山①（Chiku）垭口，最后下行来到这里的。他此行的目的是发展教育，但是他说还没有成功地建起任何一所学校。我对他在这些险峻的路途中遭遇的困境表示了同情，接着我问他："那你是如何成功克服这些困难的呢？"他用了很长的一个故事告诉我他是如何解决那些困难的，我对他向我们提供的这些信息表示感谢，并说当我们遇到困难也会这么做的。他突然意识到泄露了自己的妙招，我告诉他，他不必感到沮丧，因为他途经的整个地区我已经拜访过不止一次，并且非常了解这些地方。当他发现他已无法说服我，并且看到这个寨子里最好的房子的楼顶已经住满以后，便欠身道别，从烟雾缭绕的简易楼梯走了下去。他在村中其他房子里寻找住处，但是都被拒绝了。有人告诉他在下一个村寨能找到落脚的地方，于是他骑上马跟着他的同伴们向着下一个村庄行进。我希望他在下一站能顺利找到住处，但是下一个村寨距离这里有5英里的路程，并且路况糟糕，或许他们只能在苍穹之下或是大树底下凑合过一晚了。

---

①吃苦山，今阿坝州马尔康市与理县交界处的鹧鸪山。

部族人表演的悲剧

第二天早上6点，我们继续出发。我们行走的那条路要穿越峡谷，道路两侧都是耕地。这条路一直沿着河流的边缘，河水是东南流向。清晨的空气格外清新，让我们感到神清气爽。几乎每个方向的山顶都覆盖着皑皑白雪，好些山脉的下端则被森林覆盖。在大河的边缘长满了柔软的桦树和白蜡树，多刺的橡树的出现提醒着我们已经快到海拔9000英尺的地方了。耕地零零星星分散在大山边，被各类植被包围，一些石头房子坐北向南，点缀着贫瘠的山坡。我们在中午时分到达夹壁[①]（Jiapi）。夹壁是一个拥有大约15户人家的村寨，在不远处的山坡上有一座巨大的石头建筑，它属于土司。土司只在定期巡视这个区域时才住在这里。北面有一条宽阔的峡谷通向辽阔的大草原，我们从望远镜里可以看到很多牛群正在吃草，更远处则是覆盖着白雪的群山。

我们走了没多远后需要横跨一条河，但是这条河的河床很宽，并且附近没有桥。昨夜下的雨和山顶融化的雪水使水位上涨了不少，此

---

①夹壁，今阿坝州理县夹壁。

地方官吏李大人

时,如何过河成了摆在我们面前的难题。有几次我竭尽全力试着过河,我的马差点被冲走。最后,我们终于找到一处水深小于3英尺的地方。我们将绳子连成长的导绳,过河的时候,所有的苦力拉着绳子使自己尽量保持平衡。最后,我们所有人都安全到达了河对岸。大约下午4点的时候,我们到达了米亚罗①(Miala)。山腰上修建着许多石房子,这片区域由两名头人管理着周围1500多户人家。对我们来说,要找到所有房子的具体位置很难,因为这个村子看起来不超过30栋房子,但分布得非常稀疏,站在主干道上很难看到每一幢房子。南边大山深处有一座大寺院掩映在树丛中,这座寺院号称拥有1500名喇嘛。在藏传佛教盛行的地方,要求每户人家里就有一名喇嘛,米亚罗在竭力达到这样的标准。

当到达米亚罗的时候,我们惊讶地发现,几乎每户人家的大门都紧闭着。翻译和护送也都无法进入。头人的房子也是大门紧锁,还插上了门闩。看得出,房子里没有人。我之前就让护送提前出发,在我们到达米亚罗之前先找到住处。去年,他曾在这个镇上待了两天,走的时候与当地人成了好朋友。但是我并没有坚持我的想法让他提前联

---

①米亚罗,今阿坝州理县米亚罗镇。

系。翻译也觉得要在米亚罗找住处不是什么难事，因此他晚了，还悠闲地走在苦力后面，与我们同时到达米亚罗。这时，事态开始变得严重起来，我们几乎找不到任何可以与当地人联系的方法，于是我陪同翻译去往另一个头人的家。这个头人住在稍远的地方。到达后我们发现头人家的大门也是紧锁着，翻译一直大声地重复着有客人拜访时最常用的呼喊："有朋友到来，请把大门打开！"但是头人的楼房里却没有任何回应。头人家的围墙并不是很高，擅长攀爬的高翻译像猴子一样跃到墙上，然后再次向屋里大喊。这次，一名仆人终于出现，他说没有其他人在家，但我们都知道他在说谎。接着，仆人完全不理会我们，径直返回屋里。我们只得另想办法。我的翻译很快翻墙跳到院子里，并把大门打开，门闩是一条横着的大木料，并没有上锁。城堡的一楼是牛圈，我和翻译走过一楼，并从一处较宽的楼梯上到了平坦的屋顶，这里也是二楼的平台。

当城堡里的人发现我们强行进入并已站在里面的时候，我们头顶方向的阳台上开始有人伸出头张望，并从二楼的窗子里大声告诉我们他家无法为旅行者提供住宿。我的翻译直接与看起来管事的老喇嘛交流起来，他说我们都是安静和平的人，并介绍自己的主人是高守备，是高守备派他来护送和保证我们安全的。他接着说我们想要的只是一个落脚过夜的地方，并且我们会付钱。随后高翻译展示身上象征权威的军大衣，并脱下军大衣挂在大门上。根据部族人的习俗，如果拒绝给此军大衣开门，或是任何对军大衣的侮辱都会被认为是对在这片土地上人人爱戴的守备的公然反叛。至此，他们只能妥协，别无他法。于是他们开了门，将我们带到所站楼层北面的一间小屋里。护送被派去帮助其他人把行李抬上来，很快，我们就在小房间里安顿下来。

在我们到达后不到半小时，整个镇子上的人都聚集到我们所在的平台上。人群中有身着深红色长袍的喇嘛，有身着手工编织的棕色牦牛绒长袍的俗人，以及身穿用线麻制作的百褶裙和短上衣的妇女。他们对我们这些不请自来、突然出现在他们中间的怪人感到非常好奇。没多久，我们和他们就成了朋友，并赢得了他们的信任。我们给每一位喇嘛和能识字的人分发书籍。看着他们三五成群地讨论书籍的纸张质地和字体非常有趣。我们相信他们能读懂书中传达的信息。接着，他们开始在我周围聚集，向我诉说他们的病痛，一些是牙痛，一些是风湿病，另有一些是溃疡和各种皮肤病。直到夜幕降临，我仍忙于拔牙、清洗和处理伤口。他们对外国人的恐惧也完全消失，男女老少都凑上来抢着讲述他们的病痛。一名老妇人坐在地板上，让我帮她拔出两颗牙的牙根和另一颗大虫牙。这几颗牙的牙根和虫牙让她吃了不少苦头。她非常坚强，连一声呻吟都没发出过。诊治完这三颗牙后，我顺着她嘴里不断涌出的血液，看到牙龈另一侧还有两个受损的牙根。她急切希望我能把这两个牙根也拔掉。但是我怕她失血过多，所以建议她第二天早上再来。众人离开的时候已经是晚上10点，每个人准备从楼梯下去之前都非常有礼貌地弯腰鞠躬道："祝您晚安！"我们发现之前管家报告说头人不在家是真的。几周之后，我们在卓克基见到了头人。他正在卓克基寻求帮助，以便一起应对阿坝。他们与阿坝之间的战争随时都可能爆发。头人的妻子和家人非常友好，她让我们给她的丈夫捎信。我亲自把这些信件交到头人手上，信件的内容让头人非常高兴。在卓克基逗留期间，我们成了好朋友。

部族人的城堡与碉楼

我们本来应该在米亚罗得到乌拉①（Ula），但由于护送想敲诈一笔。我们只得先承诺会付钱给当地人，他们才把骡马牵来。

这时，我们也了解到了我们刚到达米亚罗时所有宅门紧闭的原因：去年我到达这里时，我的护送要求当地派出 14 匹马和 10 名脚夫参与护送队伍，将我送至下一位头人的地盘。然而，当所需的人马到达后，这名护送却不接受，反而向来者索要钱两。在这些流行乌拉的地方，一个站点一匹马的价格是 3 钱（chien）银子，一名脚夫的价格是 1 钱银子。这样一来，这名护送就从当地人那儿剥削了 15 先令，同时还获得了免费的驾乘。当然，这些情况是离开米亚罗几天后，我从翻译和护送之间的争吵中才得知的。所以这一次，我当着护送和当地人的面表明了态度。我强调，当我向当地人请派骡马时，我已计划在事后付钱给他们，同时我也决不允许护送以我的名义向他们收取钱财。当我把这些情况说清楚以后，当地人对我们的态度友好了很多。护送未能像去年那样以我们的名义榨取钱财，因此感到很不愉快。我相信在中国，大多数旅行者遭遇的麻烦都是由这些无情的吸血鬼造成的，这些人为外国人提供服务并尽力索取，还不忘压榨自己的同胞，同时还将抱怨引向无辜的雇主。

1908 年 6 月 7 日早晨，我们离开了米亚罗。我们上行 2000 英尺，然后在山脊的另一侧再次回到河岸。我们沿着河边行走，约有 5 英里的路程，河流都在密林里穿行。走出密林，迎接我们的是一片平缓的耕地。那里坐落着 5 个小村庄，这些建在一起的楼房群都被绿色的耕地环绕着。青稞（chinku，一种无壳的大麦）是这个海拔高度唯一的农作物（我们现在的海拔高度约 10 000 英尺）。现在，这些青稞苗距离地面还不足 2 英寸高，要等到 9 月才能收割。在这段旅程的最后 5 英里，天下起了瓢泼大雨，我们都被淋了个透。我们在尽头寨②（Chin-touchai）找到了房间过夜。尽头寨是攀爬垭口之前最后一个村寨。我

---

①乌拉，中华人民共和国成立前当地的无偿劳役。
②尽头寨，今阿坝州理县境内。

借住在去年住过的那个家庭。安顿下来后，所有人都冲到大厨房里的火堆旁烤火。由于路上雨下得太大，我们的被褥都已湿透。夜里，大雨还是下个不停，黎明时分则飘起了雪花。早上我们醒来的时候，雪已经下得太厚，白茫茫一片看不清远处。早上8点的时候，山上的积雪已有1英尺厚，山谷里也积了6英寸的雪。昨晚路边绿色的田地已经被白雪覆盖。有人说，这样的情况下我们根本无法翻越垭口，所以我们只得返回楼房等待天空放晴。在这样阴冷的天气里，铺盖（pukai，中式棉被）里成了最舒适的地方。这种棉被既可以用作床垫，也可以用作被子。

早上9点半，我裹在棉被里还没来得及享受多久，翻译失魂落魄地闯进我的房间。他说我的马挣脱缰绳冲出了马厩，跑丢了，他们没有找到它的踪迹。我派翻译和苦力头儿去找马，但到了早饭时间他俩都还没回来，饭后我也起身外出找马。我根据马蹄印分辨出了它的去向，发现它走的是回家的路。我在黄泥和泥浆（昨夜的雪现在已经完全融化）中追寻马蹄印走了30里（10英里）。途中我遇见了一些苦力，他们说在米亚罗附近见过一匹马，米亚罗距离此地还有10里。据说那匹马正全力朝着杂谷脑方向奔跑。全程我几乎都是奔跑前行，下坡又加快了步伐。我希望那匹马能停在之前在米亚罗停留过的马厩。到达米亚罗后，当地人告诉我它已跑过了村寨，我的苦力紧追其后。在米亚罗下游约5英里的地方，我看到远处的马仿佛一个小黑点，正对着我向上游方向走来。它一路小跑，不时从路旁觅食。没过多久我就看见了被它甩在身后蹒跚跛行的苦力。苦力一路试着把马朝我的方向驱赶。这条路贯穿了米亚罗村寨以及下游的草原，我知道很难在这里制服这匹脱缰的野马，于是我返回米亚罗，在村寨附近一处石巷里等待时机。当这匹马到达石巷拐角的时候，我立马上前抓住它。在米亚罗，我要了些食物并借了一具马鞍。我的苦力为了抓马被马踢成了重伤。于是我把他扶上马，我牵着马继续朝尽头寨方向行进。我们在山顶与前来接应我们的一名骡夫相遇，我把苦力扶上骡子，自己骑上马向尽头寨飞奔。我比他们提前3小时到达尽头寨。在骑马返回尽头寨的路上，我下定决心让这个捣蛋的小家伙为我这一路的辛苦跋涉付出代价。所以我策马扬鞭，一路驰骋，不让它歇息。然而，我借的那具马鞍又旧又硬，坐在上面很不舒服；那匹马跑了很久却自始至终都那么精神。最终，我不能确定我和马谁是最后的赢家。当我返回的时候已经是下午4点了，我们不得不在帐篷里又睡了一晚。

  第二天清晨5点半我们开始出发，很快便进入了一片密林。我们走的这条横穿密林的山路长约15里，走出森林后我们来到垭口脚下的一片大草坪上。在这里我们赶上并超过一只拥有60多头骡子的队伍。这些骡子全都驮着茶叶。这个商队是在山脚下的帐篷里过的夜，这会儿正在将成捆的茶叶捆到骡鞍上，准备翻越吃苦山。当大雪覆盖山坡后，行走在通往山顶的路上的确非常艰难，说"吃苦山"一点也不为过，据说冬季的时候有不少人死在山上。这里流传着不少关于盗匪如何在垭口袭击过往商队的故事。过往的骡队通常组合起来，形成大队伍后同行。如果骡队不足20人，他们是绝对不会贸然前行的。有一些小骡队会在尽头寨上方等待数日，等到大的商队到达后与其同行。这座海拔12 000英尺的垭口比较平缓，从山脚到山顶直线距离约2000多英尺，当旅行者到达山顶的时候已经精疲力竭。所有的山顶都覆盖着皑皑白雪，积雪正在慢慢融化。我们在冰雪覆盖的山脊上见到了正含苞待放的紫色和黄色的罂粟花以及其他鲜花。翻过垭口下行2500英尺，行走约4英里后，我们到达马塘。马塘是一个衰落的小型贸易站点，商队驮运的茶叶都存放在这里。马塘也是来自康猫河①上游以及阿坝的部分藏人经商的地方。他们带上羊毛、兽皮以及牛羊马匹换取内地的商品。马塘的居民大多是穆斯林。这里海拔太高，就连蔬菜也难出产。他们唯一的行当就是与周边的当地人做贸易。

  黑水地区的头人达若旺钦先于我们几小时到达了马塘。他住在自己的私人公馆（Kunghuan）里。达若旺钦每次路过马塘都住在那里的

---

①康猫河，今梭磨河。

公馆。我们到达马塘没多久,他就邀请我们前往他的公馆,即私人住所。然而,达若旺钦想要见我们的目的是询问我们是否有武器出售,他将前往拜会梭磨土司,与其商量即将爆发的战争。

早上8点半,达若旺钦派出手下的人来邀请我们去见他,我们立即前往。当时他们正在开会,让我们等着。我们被引进一个房间,达若旺钦头人和他的兄弟坐在房间主桌前的土耳其软垫上,在他们前面放着一个漂亮的大火盆,上面是用粗糙的灌县茶叶、大量牛奶和适量的盐烧煮的茶。

墙上挂着各式各样的枪支、长剑、匕首、长矛和盔甲。在这个大房间的四周,约有50个家臣和属下坐着或蹲着。当我们进来时,他们全部欠身鞠躬致意。我被安排坐在达若旺钦的左下方,这是尊位。下人首先为我端来热酒,我婉拒后,他们又从前方正在沸腾的茶壶中舀出飘香的热茶端到我的桌前。我们一起喝茶,谈天说地,直到10点过。

达若旺钦的嗓音独特,让我能想到公鸭的叫声。他能听懂并会说一些简单的汉语,但我们的交谈大部分还是通过翻译进行的。他看上了我的马,我将马送给他。虽然这匹马已经成为我的老朋友,但我还是希望当我想要进入达若旺钦的地盘时,他能像他承诺的那样,让我通行和提供护送。

民居

第七章
前往绰斯甲的旅行

离开马塘之后，我们很轻松地下到康猫河岸边。这条河的发源地在北方的壤口①（Changku），我们之前经过的那个地方。它从悬臂桥下穿过，并从那里开始向西流去，最后在党坝与观音（Kwangyin）河交汇。从那里开始，汇聚的河流被称作大金河（Tachin Ho）。

我们沿着河的右岸行走，在到达梭磨土司官寨之前，这一路的河流都十分湍急，两岸都是森林，大部分时间我们都在密林里穿行。这片林子从河岸一直延伸至离我们几千英尺、插入云端的山顶。河岸渐渐开始有了人居的痕迹，一些零星的农屋坐落在山脚下，有的则建在山脊上。下午4点左右，我们走出了森林，并且第一次目睹了肥沃的梭磨河谷的全貌。山谷里分布着不少村寨，所有的房屋都是由石头砌成的，多为3层高，也有一些修到了5层。

当我们停下来休息并欣赏着呈现在我们眼前的美景时，我们听见了黑水勇士行进中的呐喊声。他们的呐喊声甚至盖过康猫河的咆哮。他们的呐喊声由远而近，而这里的路很宽，所以我们决定停下来休息，等他们过了以后再继续赶路。没过一会儿，领军的首领们就骑着上等的骡马出现在我们视野里，其他人则紧握骡马的尾巴跑步前进。这些骡马驮运着露营装备及武器。这支队伍非常庞大，他们三五成群地排

---

①壤口，今阿坝州红原县境内。

着队列行进，总长接近2英里。

我们实在等不下去了，便夹在他们的队伍里继续前进。他们是一群活泼顽皮的人。有一次，走在前面的护卫见他们的队伍没赶上来，便停下来等候，我们试着超过他们。他们中有些人想拿我们逗乐，便将他们的骡马赶到道路中间，不让我们通过。刚开始我们并不清楚他们这么做的意图，后来发现他们无非是想找点乐子。毫无疑问，他们是想试探我们是否是胆小鬼。最终，当他们停下来

康猫河（梭磨河，原照存于英国皇家地理学会）

等待后面赶来的首领时，我们超越他们走到了前面。

接下来的5英里都是耕地，地里种的大片大麦和小麦已经长出麦穗。当我们站在山脚下的吊桥旁时，山坡上的梭磨土司官寨和一些房屋便映入眼帘，其中多数房子里住着土司的家臣。

另几栋房子是土司辖区内其他地方代理的住所。上次途经这里时，我借宿的是土司官寨内的一栋楼房，房子的主人是黑水头人。这一次我们不能再在那里借宿，因为他们的队伍就在我们后面，势必将把那栋房子塞得满满的。我们开始为当晚的落脚点发愁。

我前去寻找住处，在桥边的草地上见到了许多当地的居民。老妇人和少女、上了年纪的男人和少年和当地的头人聚集到一起，跪在草地上。他们铺好了华丽的藏毯，准备迎接和款待著名的黑水人。我骑着马，跟着两名达若旺钦头人的传令官。根据习俗，我们在接近等待的人群时下马，我们得到盛情迎接。

我前往询问我们能在哪里投宿，一名男人被派来为我们领路。我们被带到了一个看着不错的大房子里，这座房子位于官寨西后方大约半英里的地方。终于，我们在这里找到了舒适的住所。

我们穿过很长的石廊来到一个庭院，院子的四周被石墙围了起来，院内饲养着牲畜。笨重的木门上挂着用来避邪的黑熊头骨。然后来到一处露台，接着右转进入了一间宽敞的房间。这间房子长约40英尺，宽约30英尺，房子中间是常见的火塘，火塘中铁三脚架下火苗旺盛，上面则放着几只巨大的水罐，每只水罐大约能装50加仑①的水。这是当地最典型的厨房兼客厅。这并不是我们晚上休息的地方。接着，我们又沿着漆黑的木楼梯来到3楼，安排给我们的是位于3楼中央的一间房，这间房中间也有火塘以及和楼下差不多大小的水罐。他们为我们准备了木柴，但由于没有烟囱，烟雾只能从两个小窗户出去。这两扇窗户即使白天也透不进来什么光，所以我们决定不在房间里生火，而到楼下的厨房做饭。

随后到达的所有苦力都选择在房间生火，这些房间的烟都顺着楼梯飘到三楼我们的房间来，而外墙上的小窗户又不能有效地排出烟雾，所以，尽管我们没有在自己房间里点燃火堆，却还是一直被烟熏着。这让我们无法忍受。我们只有下楼让他们熄灭几个火堆，并且告知他们就像在汉人客栈借宿一样，只能使用一个火堆，不然他们需要自己买木柴在外面烧火。

第二天我们待在梭磨，有许多人来拜访，但是很遗憾我们没能见到梭磨土司。他在离我们较远的寺庙里祭拜，祈求神灵能在他参加作

---

①1 加仑=4.546 升。

战会议之前赐予他智慧。

　　第二天早上9点，乌拉一到，我们便再次启程。前4英里的山谷都是农耕地，接着我们便再一次进入茂密的灌木林，林中少许参天大树高耸入云。我们发现这片树林的一些地方被大火烧过。到达玛咪桥之前，没有什么特别的，玛咪①桥（Mami Chiao），几栋房子，1907年我曾在其中一栋借宿过。

　　大河上的悬臂桥已经倾斜，我们非常小心，以防它像之前我们在杂谷脑遇到的悬臂桥那样突然垮掉。幸运的是，我们安全抵达对岸后，悬臂桥安然无恙。

　　经过一段辛苦的攀爬，我们来到山坡的顶端。在这里，我们可以欣赏卓克基镇的全貌，并且眺望四周整个地区。我们沿着一长段崎岖的山路下行，到达卓克基镇上。翻译和护送先去帮我们打听有没有能够留宿的地方。我们到达的时候，他们还没能为我们找到住处，我们

---

①玛咪，今阿坝州马尔康市境内。

玛咪桥

松岗土司官寨（原照存于英国皇家地理学会）

只能在卓克基街头等着。

　　终于有一栋房子的主人愿意收留我们，但是他们拒绝卖给我们木柴。上次我经过这里时，当地人不太友善，这次更显不悦。在接触了一段时间后，一些人开始变得健谈起来。从谈话中我们得知，之前我提过的那个为了建学校而来的汉人朋友给卓克基土司传话说，如果有任何外国人经过此地，把他们抓起来并遣送出境。而索土司和高守备的信件内容又希望沿途能为我们提供方便，因此他们认为至少应该给我们提供一个睡觉的地方，这才开门让我们进去。

　　卓克基土司是一名喇嘛。第二天一大早，他前往坐落在西南流向的小溪上游的寺庙。他告诉我们的翻译，他没有时间为我们安排乌拉和护送，并且镇上也没有留下任何有权力发话的人。翻译几次尝试去官寨沟通，希望找到护送，但是换来的是从官寨窗口射出的黑枪。

　　我们在卓克基待了一天，唯一能做的就是跟街上的几个人交朋友，第二天早上我们便离开了。我们沿着一条西北流向的小河前行到达马尔康寺。马尔康寺坐落于卓克基下游 5 英里的地方。当地人和喇嘛都

布鲁克在阿坝

非常友善,我们在一起愉快地交谈了一个小时,但是他们没让我们进入寺庙。

马尔康有一条路沿着其中一个峡谷通向卓克基的牧场,能到达阿坝。我们从这里沿着河流的右岸,穿过农耕的河谷继续向下游行进。大河两岸的山腰上分布着当地最常见的石头房子。最后,远处山坡上的松岗以及松岗女土司居住的官寨映入眼帘。女土司的官寨雄伟壮观,是镇上最显著的建筑。

当地为我们安排的住处很棒,不一会儿就有许多人来拜访。他们大多数是来看病求医的。为表达对我们的感谢,他们带来了许多蔬菜、鸡蛋、肉和青稞饼。我们把书送给能识字的人,我们忙得团团转。没时间休息。一些当地的头人一直跟在我们身边,看我们如何治病,以及对老百姓说了些什么。

布鲁克和米尔斯先生去参观河对岸的寺庙,并将小镜子作为礼物送给人们,并试图与他们交朋友,但是效果并不理想。一些僧人极力阻止少女们从这样的小玻璃片上看自己的样子,好像很怕她们知道自己长得有多漂亮。所以他们收缴了所有的镜子并砸碎,还说,外国人是想用这些镜子来控制她们的灵魂。当地有一种说法,如果谁盯着镜

子看，就会折寿。这也是为何在我们想要给他们拍照时，他们很多都会拒绝。为了避免由此产生的影响，所有的僧人来到寺庙楼顶齐声诵经。他们敲起铙钹，吹响螺号，诵读经文。他们认为外国人试图伤害受他们保护的子民，所以就用仪式来诅咒外国人。当他们发现用诅咒来让当地人远离我们的企图失败后，大失所望。当地的居民们已经跟我们熟悉起来，并接受了我们的药品。当然，我们完全没有将那些诅咒放在心上。第二天，许多在前一天接受过治疗的人前来道谢，有的还带来他们身体不适的朋友，甚至有的喇嘛也前来求医。我们在去往觉坝的路上再次经过这个寺庙，僧人们又聚到了屋顶上并齐声高诵经文，接着昨天的仪式。但仍没有什么效果，我们只是安静地站在原地观望他们，并且用相机捕捉他们惊愕的表情。

往上走，我们经过了一个宽阔的山谷。那里绿草丛生，许多马和牛在那儿觅食。我们来到了一个名叫达威（Tawei）的小寺庙。在这里，我们开始向西前进，同时路也变得很陡，攀爬陡坡。我们大约行走1英里后，地形开始变得平缓。这里有大片耕地，农民们正在播种荞麦。这时突然下起雨来，前方山上的路面覆盖着刚下不久的雪。我们从下午到夜里都在农场里的一间老农房休息。这些农房只在秋天收割的季节才有人暂住，平时都是空着的。

卓克基土司官寨、碉楼及村寨

布鲁克在阿坝

雪线附近的罂粟花

第二天早晨天气晴朗，我们很早便出发，没走几步就进入了灌木丛。那里有橡树、桦树和稀疏的冷杉树等。这些树都披上了"仙女的围巾"①，其中有一些"围巾"的长度达到 30 英尺。这种"围巾"是一种地衣，属于隐花植物，它沿着树皮向上攀爬，最后垂挂在树干和树枝上。这种地衣的外形类似麻茎植物，或亚麻纤维，用它搓制的绳索很结实。

我们沿着悬崖边的小路向上行走了几个小时。一路上，我们行走在低矮的橡树之下。这些橡树的树干约有 10 至 14 英寸，树上同样挂满了银绿色的丝带。我们走出森林，来到了一处有草坪的峡谷，并在此就餐。这时，我们的西方是白雪覆盖的山脉和垭口，其他三方都是密林。此时，一群松鸡在我们四周飞起来，它们的叫声打破了山中的寂静。

午饭后，我们开始最后的攀爬。行进了 3 英里后，我们来到了一个大雪坑。我们的牲口挣扎了很久才得以通过。朝着山顶前进的这一

---

①指松萝。

段路非常艰难。天气晴朗,站在白湾垭口(Pewa Pass)的最高处时,我们觉得这一路的艰辛都很值得。这里是松岗和党坝的交界,眼前的全景图让人叹为观止。

在这里能看见党坝的大部分领地。党坝的领地不大,面积大约只有 40 平方英里,并且大多数区域都是密林和无人居住区。河谷地带则土壤肥沃,人口密集。偏僻的地方散落着一些房屋,不仔细看很难发现。党坝人一直都对自己的名声感到骄傲,根据传统说法,党坝人是有名的勇士和无所畏惧的人。

经过 3 个小时艰难的下山路后,我们终于抵达陡峭的山腰。穿过一大片野花丛,再穿过茂密的森林,我们来到了有人居住和耕作的村庄业隆(Drozer)。我们在这儿停留了一夜,并换了一名向导和乌拉。那是一个明亮、美丽的夜晚。这个地方海拔高,适合观星。但我们不想当地人对我们起疑心,所以只能在他们睡后,小心翼翼地走出来仰望星空,观赏满天璀璨的星辰。

派护送的命令已经传到山上,第二天早上在我们吃完早饭前,他们就已经在门口等候。我们很意外,这是我们第一次不用等乌拉。等待乌拉是现行制度的唯一缺点。对于旅行者来说,乌拉不仅能确保游客安全地从一个部落到达另一个部落,而且收费还合理。地方官吏很少会付钱给他们,但我无论如何都会支付合理的钱来感谢他们的帮助。

我们只走了差不多 5 英里的路就到了下一个山谷。这里居住着另一个村寨的村民,他们有自己的头人,我们应该由他负责护送到 20 英里开外的党坝。但头人不在村子里,所以我们花了好几个小时等待牲口和护送从山上下来护送我们。本来我们想雇业隆的护送陪我们去党坝,但他们说他们无权在另一个头人的管辖区域护送我们。

布鲁克和米尔斯先生带着苦力和汉族护卫出发,我则让翻译留下跟我一起等待乌拉。

经过漫长的等待,下午 2 点时,只有两头牲口到达。接着又等到 4 点,我远远看见一些牦牛从山上下来。我将我的被褥放在一匹等着被骑的老马背上,但是这匹老马却拒绝载我。我觉得这会儿快速走路或许比骑马更快速安全，于是让这匹古代战马驮着我的被褥，自己则手握一根拐杖上路。我们下行到距离出发点 2000 英尺的地方。跨过一座悬臂桥后，沿着左侧河岸走了约 2 英里，然后转入一个峡谷，又在一段陡峭的山脉间艰难行走了一个半小时。我的女向导走在老马前面用力拉着缰绳，而我则在马后用拐杖驱赶老马。

最后，大汗淋漓的我们终于到达垭口最高处。太阳已经落山，前方还有 10 英里的崎岖山路。我们没有时间喘气，又接着出发，在暮色中赶上了大部队。

他们正在等待苦力，并期望乌拉赶上他们。帐篷已经搭建好。正当我与他们交谈的时候，我的护送赶着驮着被褥的老马离开，并且消失得无影无踪。因为我认识党坝的路，也认识党坝人，于是我前往追赶护送和那匹老马。虽然我没赶上护送，但是在黑夜里找到了前往党坝官寨的小径。在党坝土司官寨大门附近，我遇见两个人。我托他们给党坝女土司捎信，就说我已经到达党坝，需要借宿。党坝女土司是高守备的姑妈，她早已从高守备处听说我们会到党坝。我得以在去年

乌拉和草地部族人

党坝土司官寨

认识的老朋友家中借宿。没多久，我就在附近护送下榻的房子里找到了我的被褥。我的护送觉得我独自在黑夜里闯荡非常可笑，并以此为乐，大笑不止。

不一会儿，1磅糌粑、牛奶、热茶端到了桌上，我们狼吞虎咽。我第一次感觉糌粑如此美味。如果我的读者觉得糌粑晚餐并不好吃，那我建议他从下午4点到晚上9点半行走20英里路，其间翻越4000英尺的大山，然后再下行几段2000英尺的山路，而早餐仅仅是在火灰里烧制的一小块玉米粗面饼，其余时间没有任何东西可吃。我完全能保证我的读者会同意我的看法：当一个人饥肠辘辘，糌粑不失为一道美食。

晚餐后，我被带到楼顶选择自己的住所。我选了最好的一间。我用一个直径6英尺、平时用来晾晒谷物的箩筐作为我的床。屋顶有一处延伸的部分，我躺在下面，将自己裹进舒适的被窝。我那富有的房东钻进一件羊皮袄，睡在我附近。不用说，我很快进入梦乡，直到第二天早上9点被翻译的大声喊叫弄醒。他正在到处找我。太阳早已照在我的脸上，而我却全然不知。

其他人的运气就没那么好了。昨晚，他们在一处潮湿的地方搭起帐篷，因为太潮湿，他们无法点燃木柴，没能生火。当晚，驮着他们被褥的乌拉没赶上他们。他们没有被褥可用，只能和衣而睡。第二天早上，他们又冷又饿。

我们得到一处被称为公馆的空房子供我们使用，我们很快在火塘中生起大火，烧水，烘烤。不一会儿，所有的乌拉都到了。早餐我们做了腊肉、鸡蛋、煎饼。我的老房东送来一桶牛奶。那天早上，我们尽情享用美味佳肴。

同样，这里的人们也聚拢来求医问药。据说高守备将护送他的弟弟来党坝，他的弟弟将由一名喇嘛管教，并在他的姑妈去世以后接任党坝土司一职。于是我们又等了一天。为了迎接他们的到来，当地将举办盛大的歌舞表演。来自大山深处的年轻男女身着艳丽的服装，早早地聚集到官寨前的绿草坪上。

正在这时，3名骑马的男人飞奔而至并报告说一大群牛被盗贼偷走了。人群立刻散去，人们或五或十前往垭口驻守，以期抓住盗贼，抢回丢失的牛群。

我们在党坝度过了两天愉快的时光，接着前往绰斯甲土司官寨所在地周山。高守备的另一个姑妈居住在周山，她是绰斯甲土司的妻子。

高守备到达党坝的当天下午我们请他捎话给绰斯甲的姑妈，说我们将前往绰斯甲，并请她安排我们的食宿。

离开党坝后，我们沿着一处陡峭的山路下行，走了4英里后到达大金川河岸。

这里渡河的唯一方式是乘坐牛皮船。牛皮船的外观没有特别之处。它的框架是由细柳枝编成的，外面罩上未经处理的生牛皮。牛皮船的直径约4英尺，深度为3英尺，一艘牛皮船能载3人。我曾经见过4名习惯乘坐牛皮船的当地人挤在一艘牛皮船上过河。乘船的人将双手放在皮船底部，腿脚自然蜷缩。当牛皮船入水后，在船上移动是非常危险的。我们的牛皮船入水后，在旋涡中不停旋转，像一个木塞在浪花里上下浮动，然后顺着急流被冲向下游。有一刻，我们进入河流中的低洼处，此时浪花高过我们的头顶，我们感觉马上就要被淹没；而另一秒，我们的牛皮船又处于浪花之巅，以每小时 15 至 20 英里的速度乘风破浪，飞驰而去。在站点下方，河水在大岩石边形成一个犹如字母"S"形状的泡沫。对于初次乘坐的人而言，感觉自己将被抛向岩石无疑，然而镇定的船夫手执划桨熟练地控制着牛皮船靠岸，将我们安全送达站点。相比桦木制作的独木舟，这种牛皮船需要更娴熟的技术去掌控。

  这会儿，我们找到了前往周山的路。头人早已为我们预留了一栋房子。院子里挤满前来看稀奇的当地人，有喇嘛、俗人、老妇人、少女。不过他们都比较友好，还一个接着一个指着我说："这个人去年来过。"去年我的一些护送也来向我致礼，他们跪下来，向我鞠躬并用他们的语言对我说："曲巴勒苏，古汝德莫，古康。"（欢迎您，您还好吗?）

绰斯甲土司官寨附近的白色玫瑰花,布鲁克先生正在喂狗,左侧是翻译

第八章
穿越未经探访的草地

我们在绰斯甲住了3天等待乌拉的到来。这3天我们一点也没闲着。身患各种疾病的僧人、俗人、妇女、少女很快从四面八方聚拢来，找到我处理病痛。最常见的是皮肤病和眼疾，还有许多人大腿溃烂，另有一些男女得了梅毒和遗传病。从大清早到夜幕降临，我一直忙着在借宿的房子里治疗所有到来的病人。期间还有3名头人派人来捎话，请我前去为几名因为病重完全无法前来接受治疗的病人看病。

一名可怜的妇女得了严重的麻风病，几近病危。她13岁的儿子也是麻风病患者，蜷缩在几码远的墙角，他只剩下皮包骨，他病得很重，活不了多久了。他们充满期盼的恳求着实令人心生怜悯，但是我却无能为力。我拿出一些油膏涂抹在他们的患处，以减轻他们的痛苦，安慰他们。当我坦白地告诉他们麻风病是无法治愈的时候，他们仿佛难以置信。这名母亲大约35岁，当她听说我能救治病人后，就派她的大儿子找到我，请我到她家里为他们治病。她的大儿子约18岁，是一名僧人。当喇嘛的诵经无法实现医治病人的奇迹时，她确信外国人可以做到。我永远也不会忘记她恳求我帮助时极度悲伤的面容。她指着最小的孩子，一名约5岁的小女孩说："我只希望能够活到我的宝贝长到能照顾自己的时候。如果我死了，谁来照顾我的宝贝？"泪水顺着她的脸颊流下来，旁人也在纷纷抹泪。她的丈夫，一名年长的部族人，像任何外国绅士都能做到的那样，温情地跪在妻子的身边，并轻声对她说:"别担心我们的宝贝,我会照顾她的。"这位母亲并没完全绝望,她坚持要我收下她为我准备的礼物,并让她的丈夫把礼物拿到我们面前,由她的僧人儿子把礼物扛到我的房间。这是我旅途中遇到的最令人伤心的一件事。

离开这家后,我被拥着挨家挨户地去找病人。有许多妇科病人需要医治,我未曾想到她们会愿意接受外国人的治疗。当我被带到绰斯甲土司官寨的时候,我看到一名可怜的小孩因为掉入火塘而被烫伤。小孩的一只手臂和肩膀的部分肉已经快脱离骨头掉下来,整个屋子里充满恶臭。我用清水全面清洗孩子伤口上的污垢和结痂。经过我的努力,即使只过了3天,小孩的病情也大有好转。小孩的父母最初很难接受我用清水清洁伤口,但当看到孩子的病情好转后,他们大为惊喜,并到处传颂我们的功绩。由此,不止一人盛情挽留我们待在这里,因为之前从来没有任何人像这样给他们治病。

绰斯甲土司也非常高兴,并同意我们穿越之前从来没有允许外国

大金川河谷的一群部族人

大金川河谷和牛皮船（原照存于英国皇家地理学会）

人走过的草地。他派了一名头人的儿子陪同我们。我曾去拜访过这名头人，头人的儿子一直陪同我们到革什扎土司的驻地丹东①（Damtung）。

从绰斯甲开始，米尔斯先生前往大金。他带着大多数行李和一些苦力沿着峡谷往南。布鲁克先生和我一起前往懋功。我们往西所需的马匹和牦牛已经准备就绪，它们肩负了我们可能用得着的物品，包括一顶帐篷、一些野营所需的物品、床铺被褥、衣物和书籍。因为沿途购买食物是一大难题，因此我们也准备了足够的面粉和一些腊肉。

一切准备就绪后，我们出发，一队前往懋功，另一队前往未知的世界。街上的人们全都来为我们送行，他们送给我们美好的祝福，并嘱咐我们一路小心。在这些地区，他们自己也很难预料何时会遭遇坏人的袭击。从杂谷脑来的翻译无法听懂前方的语言，就从这里返回。

①丹东，今甘孜州丹巴县境内。

布鲁克在阿坝

我们由此开始接触新的翻译。他是之前我给过药的头人的儿子。

这名年轻人证明了自己是一名优秀的向导和翻译，但是却没有刚返回的那位朋友机灵和有经验。我们上行来到一处宽阔的峡谷，这个区域是该地主要的奶牛放牧地。耕地周围石墙上簇拥的大片白色野玫瑰竞相开放，鸟儿在歌唱，周围的大自然处于祥和的氛围中。此时，想到自己通过友爱与掌握的少量知识战胜了无知与迷信，我们感到非常高兴。

去年我是在非常困难的情况下来到这里的。当时，人们对我们并不友好。埃德加（Edgar）先生到过这里，但又几乎是逃命般离开了这里。而现在，我们已经成为当地人和他们首领的朋友。我们在护卫的陪同下旅行，带着土司的亲笔信。土司的信件上写明我们是他的朋友，在他的辖区内必须得到保护和护送。我自己还有一封给下一位土司的信件，请求他接待我们。到目前为止，我们所取得的成功是做梦也没想到的。

户外晚餐，左为笔者，右为布鲁克

我们骑马一路向西北方向的峡谷上行，3英里后，我们开始向西南方向大山一侧前行，并在这一区域艰难行走了数小时。最初，我们穿越一片森林，到达8000英尺的高度后，来到面向南方的一大片草地缓坡。不一会儿，我们来到一处伸展的耕地。当晚，我们在一处名为仁嘎克（Rengack）的村子找到了住宿的房屋。这个区域眼疾流行，我收治了不少病人。这里距离土司官寨①15英里，当地人听说了我们在绰斯甲给人治病的事，在我们到达后都围拢来。在这个地区，甲状腺肿大非常普遍，常常能看见许多人下巴下面掉着一个像大口袋一样的肿块，其中以妇女居多。我没能发现造成甲状腺肿大的原因，但很怀疑罪魁是这里富集的云母矿。云母岩由山顶融化的雪水冲刷下来，在每一处山脊下流动的泉水中闪闪发光。这里没有微咸水，当地人认为他们得甲状腺肿大的原因是喝了雪水。我观察到，云母岩富集的大山周围的确有更多甲状腺肿大患者。

又走了一天后，我们见到了草原上的第一顶帐篷。早上10点，我们穿越青稞摇曳的农田。这时我们已经到达海拔9000英尺的高度，不过因为我们位于偏南的方向，同时这里是沙质土壤，所以庄稼长势喜人，很快就能收割了。

当我们沿着玉科方向延伸出来的道路跨过下方的一条小溪后，我们转向西南方向，并开始在柔热尔②（Zibzier）山东北方向的山脊上行进。我们跨过溪流后，已经到达了海拔10 000多英尺的地方。从这里进入森林，整个4英里的路程，我们都穿行在梦寐以求的茂密的原始森林中。

正午时分，我们走出森林来到草地。我们艰难地行进在山坡上，路过几处小型高原湖泊，穿过一些积满雪水的低洼地带，最后终于到达海拔12 460英尺的垭口顶端。我们在这里看到了常见的敖包

---

①这里指绰斯甲土司位于周山的官寨。
②今阿坝州金川县撒瓦脚乡境内。

布鲁克在阿坝

（obo），即堆砌的石堆，上面插满祈祷的旗子。

  站在这个垭口的顶端，四周远近的地貌在我们眼前一览无余。我们可以看到南方、西方以及北方森林以外几英里的景色，甚至能看到东方我们穿越的整个东方区域。通过望远镜可以看到低处山腰草地上的一些小黑点。我们知道我们已经离畜群不远了。

  我们在一处平缓的山坡上行走5英里后，来到了当地头人的露营地。距离头人的露营地不远处分布着一些帐篷。大山的一侧有几千头牦牛在觅食，帐篷附近有几头被拴着的小牛，还有一头凶猛的藏獒。藏獒是每一户藏民必备的岗哨，通常守候在帐篷外。藏獒低沉的犬吠震得山峦颤动，警告到访的陌生人小心靠近。

  我们到达后，翻译手执土司的信件走进头人的帐篷。我们需要在这里换乌拉。我们等了一会儿，头人仍没有邀请我们进入帐篷的意思。我们就走到帐篷前，提起门帘，径直走进去，按照部族人的习俗坐在火塘边。

  帐篷约有25英尺长、15英尺宽。如果将这顶帐篷倒立的话，形状很像汉人的船只的底部。帐篷侧面部分经过精心设计，可以在温暖的时候卷起来。帐篷顶层的中心有一处长的缝隙，敞开时可以让烟雾通过此处散到外面，晚上关闭时可以将雨雪挡在帐篷外，并保持帐篷里的温度。火塘中央燃烧着干牛粪。这里的木柴需要从10英里开外的森林里由牦牛驮来，因此他们仅仅用木柴来做火引子。

  火塘上一壶茶水正在沸腾，一桶牛奶放置在一侧。挤牦牛奶的桶从不清洗，奶油附着在桶上，桶内外还附有杂物和酸奶。他们认为这样做能够得到更多的奶油，也就能提炼更多的黄油。在我仔细观察他们进行牛奶脱脂的过程后，我认为他们说的有一定道理。他们在奶油中放入大量的凝乳，这些凝乳与黄油混合。他们在牛奶脱脂以后不会再去清洗黄油，所以黄油中掺杂了一半的凝乳。有时候，当我在食用之前清洗黄油时，发现大多数凝乳从黄油中脱离，在清水中形成了黄油奶。另一次，我食用部族人的黄油（这是一种上乘的纯乳脂）时，发现食用黄油的最好办法是用刀子先从一个方向切开，再从另一个方向小心切一下，然后将黄油里面掺杂的牦牛毛发挑出来。春季是牦牛换毛的季节，这个季节制作的黄油里牦牛毛最多。

头人许诺第二天早上会给我们派出乌拉。他去了阿科里（Acree）。阿科里有一座大寺院——莫斯卡寺（Muska Cumba）。这座寺院由石头建造而成，也是附近唯一的固定建筑。这里的居民都住在帐篷里，这样便于他们随时迁徙到水草丰美的地方放牧牛羊。冬季，他们会将畜群赶到寺院附近较低的山谷，在海拔 12 137 英尺的地方放牧。

小保姆和婴儿

我们想在莫斯卡寺住下来，但是遇到了点小阻碍。不过没过多久，喇嘛同意我们把行李放在寺院一处玄关，让我们在此过夜。这个经堂的屋顶用金子装饰。当天，我们给几个喇嘛分发书籍。虽然我们离开的时候他们比较友好，但是我们却没能从他们那儿得到更多的消息。寺院附近有几处私宅，我们见到了几名妇女和儿童。

第二天早上 10 点，乌拉到了。我们将行李打包，由骡马驮着。我

布鲁克在阿坝

们向来自绰斯甲的赶骡人支付报酬，感谢他们陪伴我们走了这么远的路。整片区域都是连绵起伏的草地，许多畜群在海拔12 000英尺以上的高地觅食。这些地方主要用于夏季放牧，低处山谷的草地留着冬天放牧牛羊。

当天晚上，翻越了一座海拔14 000英尺的垭口后，我们到达了一座名为金龙①（Kimlung）的大寺院。这座寺院的规模与莫斯卡寺相当，拥有200名喇嘛，附近还有100个俗人家庭。

起初这里的喇嘛并不友好，但我们拿出土司的信件，并说如果将他们不愿为我们提供住宿的事告诉他们的土司，土司肯定不会高兴的。他们最终还是同意我们住在与一处私宅连接的大房子里。后来，还给我们拿来柴火，并且友善了许多。有不少人从帐篷里走出来看病。我给几个人拔牙，这让喇嘛们异常惊讶。被拔掉腐牙的人们牙疼得到医治，疼痛解除，无比开心。他们送来牛奶和黄油，坚持让我们收下礼物。

经过又一整天艰苦的旅行，我们到达了革什扎土司的驻地丹东。我们离开绰斯甲的时候，几乎每天都在下雨，到了丹东，雨还是下个不停。当然，每天也有那么一会儿放晴的时段。在这个地区，有可能前一分钟还是乌云密布，仿佛雷雨即将来临，下一个小时却蓝天白云，晴空万里。

我们到达丹东时，下起了瓢泼大雨，我们全被淋成了落汤鸡。不过庆幸的是没耽误多久，我们就被带到革什扎土司官寨边上的一处房屋。在烟雾弥漫的小屋中，我们围坐在火塘边做晚餐，烘烤衣物，睡下，等待接下来三天的活动。

---

①金龙，今甘孜州丹巴县境内。

第九章
前往玉科草原

我们是第一批到访丹东的外国人。这是一个紧凑的小镇，它依山势建造在山坡边突出的位置上，优越的地理位置让其易守难攻，两条湍急的小溪在此处汇合，难以涉水而过。虽然除了洪水期外，溪水都不超过3英尺深，但是激流却足以把人畜冲走。现在这个季节，官寨两侧的激流咆哮着奔流而下。照片比我的笔能更好地展示这一画面。事实上，我很难用笔来描述这罕见而绝妙的美景，所以我只能依靠照片来展示景色，而靠我的笔来记录长途旅行中每天发生的故事。当我们刚到丹东的时候，人们略显拘谨，用怀疑的眼光看着我们，但没多久他们就改变了态度。翻译将我们在绰斯甲所做的一切告诉他们，第二天早上不到9点，我受邀去见我的第一位病人。他在邻近的房子里躺着，已经病入膏肓。

他是一名大约30来岁的男子，接近6英尺高。他曾经体格强壮，但现在已经瘦得皮包骨头。我得知他高烧不退，已被折磨了20来天，高烧过后，又受到高烧导致的另一种疾病的煎熬。如果得不到及时救治，那他将时日不多。他们知道的所有治疗方法对他都没有效果。

只需对他注射一针，再用些热水就行了。治疗后，这名男子立马就有所好转，这让当地人十分惊讶。我让他多吃鸡蛋，多喝牛奶。尽管我们只在这儿待3天，我的病人已经恢复到能够坐起来，还可以走上一小会儿。

我为贫苦农民治好病的消息不胫而走，没过多久便传到了土司的

丹东的土司官寨和小镇，笔者在此治愈土司

耳朵里。下午2点，他派了一个仆人来请我到他的官寨里去，就是照片上碉楼旁边的高层建筑。

我穿过夜晚圈牛的大庭院，爬了两层楼梯，在楼梯平台上见到两只被关在笼子里的老虎。然后穿过一条长廊，一副黄色的丝绸门帘被掀起，我被带进一个长宽各20英尺的房间，屋内有一张桌子和两把椅子。火盆放在房子正中央，火盆里炭火燃烧着，茶壶里的水一直沸腾。

在一个挂着黄色绸缎的木床上，躺着一名被病痛折磨的男人。据介绍，这位就是当地的统治者革什扎土司。土司的脚向身体右侧弯曲，无法伸直。由于疼痛难忍，他养成了吸食鸦片的恶习以缓解疼痛。土司头发散乱，发丝粘在一起。他的脸因疼痛而扭曲，尽管他的周围尽显奢华，但是此时他看起来更像个乞丐，完全失去了土司的尊严。

经过检查，我发现他因为患风湿性关节炎而备受煎熬，他已经病了大约两个月。我没有随身携带这个病症的适用药品，但是作为名声在外的"医生"，而且有机会给土司看病，我觉得必须做点什么。我回到住地找到药箱，把药箱翻了个底朝天。最后，我给病人开出的药方是这样的：首先是使用大量的盐，白天和晚上服用10粒奎宁。其次是一天6小时腿部按摩（如果病人能够忍受的话）。为了展示怎么按摩，我亲自上阵，用了半小时给土司按摩。我们此行带了医用酒精来防治昆虫和各类爬行动物，我在按摩过程中将大量医用酒精涂抹在土司的腿上。最后，我用一点凡士林来防止皮肤受到刺激。晚上9点，我再次去官寨，将碘酒涂在土司的膝盖上，用法兰绒把土司的腿包裹起来，并嘱咐土司必须睡觉了。

第二天早上9点刚过，我就被告知土司召见，让我速到官寨。我匆忙起身，跟随来者到土司床前，心里忐忑不安。一进门我就注意到土司床头放着一根沉重的手杖。我开始胡思乱想，难道这个手杖是用来打我的吗？几乎同时，只见土司掀开被子，握紧手杖，摇摇摆摆地下了床，用一种难以描述的动作，一瘸一拐地在屋子里转了一圈，然后又回到他的床上。这是他近3个月来第一次能够把脚放在地上。土司难以抑制心中的喜悦，此时能用双脚踩地走路的土司远比那些得到新玩具的儿童兴奋。

我让土司这几天暂时不要下床走路。我解开他腿上的绷带，做了一次很好的按摩，并且重复了前一天的治疗方法，然后让他的手下继续按摩。当我轻轻拉伸他的腿时，我发现他的腿已经可以放松到能够形成大约20度的角了。

土司的妻子和女儿来到房里，跪在地板上感谢我所做的一切。事实上，这个治疗效果比我预期的更好更快，对他们而言简直就是奇迹。

我回到住所，等着从山上到来的乌拉（一天路程的距离）。一整天，我们的住所聚集了许多人，我们也没闲着。我在丹东治病的消息已经传到10英里以外的村子，人们从四面八方赶来看突然降落到他们中间的魔法师。形形色色、各个年龄段的病人蜂拥而至，我从早一直忙到晚。所有对外国人的恐惧完全消失，他们直率地向我描述各自的疾病，仿佛我一直生活在他们中间一样。

当晚，土司派了一位家臣来找我，问我是否愿意在革什扎土司的漂亮女儿中挑选一名为妻。我从住处仰视官寨的护墙，看见许多美丽的脸庞渴望地探出窗外。不必说，我请家臣向土司表达了谢意，感谢他的好意和体贴，并告诉他我已经有妻子，她在成都。"喔！"家臣接着说，"但是汉女与我们的女人不一样，她们待在家里，缠了小脚，不便行走。而我们的女人能跟你走四方，帮你背东西，给你做饭，甚至做任何事情。"我再次婉言谢绝，感激地将他打发走。

第二天早上起来，我们发现乌拉已经到了。当牵牦牛的苦力把行李放到牦牛背上去时，布鲁克先生和我前往官寨与土司告别，查看病人恢复的情况。我们一进房间，土司便从床上跳了起来。在手杖的帮助下，他几乎能直立地在房间里走来走去。

看到土司恢复得这么快，我们也替他高兴。土司令人拿来纸和墨水，用藏文记录下所用的治疗方法的外文名称，然后写下我的名字和我在成都的地址。

世界屋脊的护卫——藏獒

我们拍了一张护卫官寨的大藏獒的照片后，与土司告别。

3个月后，革什扎土司派了他的人带着给我的礼物来到成都。他们从丹东到成都全程用了20天的时间，并带来土司已经差不多康复了的消息。土司捎话，随时欢迎我到他的领地拜访他。

所有的行李都打包好后，我们开始出发去探寻玉科有名的盗贼区。我们的地图上标注的这一区域有"果洛克"，而其他很

玉科

多地图上，这一区域完全是空白。许多相邻的部落也害怕这里的掠夺者。玉科的土司娶了绰斯甲土司的妹妹为妻，玉科土司的兄弟娶了革什扎土司的妹妹为妻。他们用这种联姻的方式试图与对方和平相处。但是，尽管有婚姻的纽带，不同地区的首领仍经常与对方因为草场边界纠纷长期不和，甚至有时候这边的牲畜走过了界，那边就会把牲畜据为己有。在我们穿过这个地区几天后，一场玉科和绰斯甲北方边界牧民间的纠纷就发生了。

去玉科的路上，我们沿着照片中左侧的溪水一路前行。离开革什扎土司官寨1英里后，我们进入茂密的森林。在森林中行走4个小时后，我们再次到达草原地带。又走了4个小时后，我们来到一座很小的寺庙，附近有几顶帐篷。

这座寺庙师傅的着装与我们所见过的完全不同。他像道士一样在头顶上留着长发。他有妻子，住在附近的帐篷里。寺庙供奉的造像与佛教寺庙里的相似，但是据说他们的经书有别。这是我在整个旅途中遇到的唯一一位这种教派的师傅，我不能确定他属于哪个教派。他不是苯教信徒，至少不是我们在大金川峡谷、巴底和巴旺地区见到的坚持自然崇拜的苯教的原初形式。据说这是一种只存在于牧民中的教派，现在因为大多数被宁玛派和格鲁派取代，因此几近消亡。

因为下午一直下着大雨，我们就近扎营，在寺庙的门廊里过夜。大约下午5点，革什扎土司的兄弟骑着一匹大白马追上我们。他是一名喇嘛，带了 5 个全副武装的随从。他们奉革什扎土司之命前来护送我们，要把我们安全护送到玉科土司的兄弟那儿。他住在峡谷更高处，距离这里 10 英里的帐篷里。我们现在在革什扎和玉科两地的交界扎营。

尽管这次护送有好的马匹可以当晚就骑到营地，但我们还是决定就地休息，第二天早上再走。

当我们看到营地，见到牛群在山坡上吃草时是早上 10 点。快 11 点的时候，我们来到有 56 顶帐篷一起扎营的地方。这里有两条小溪穿流其间，溪水不深，可以轻松涉过。我们的革什扎喇嘛由两名玉科土司的兄弟陪同着，其中一位也是喇嘛，另一位娶了革什扎土司的妹妹为妻。他们的仆人随身带着藏毯，铺在地上，邀请我们入座。

我们的护送在前一天深夜就已经到达，遭到了守护这些帐篷的极其凶猛的藏獒的袭击。一位护送被其中一只狗咬成了重伤，我花了近两个小时为他身上 28 处惨不忍睹的伤口包扎，一些伤口在他的脸上，一些在他的手臂、手掌和腿上。接着我给土司的儿子治疗。这个 15 岁的小伙子一只脚受伤了。当他到来时，我们正急着搭建帐篷，以便与我们的朋友欢聚一堂。

整个营地的人都聚拢来，伸出援手。在很短的时间内，我们所有的乌拉被卸下来，帐篷搭建好了，我们被领着去拜访帐篷里的土司。土司的帐篷搭建在整个营地的中央，除此之外，与其他帐篷没有任何区别。帐篷里面铺设了地毯，陈列着各类器皿，感觉更舒适。他们与其他人一样，都吃着相同的食物，几乎保持着同样的生活方式。

夜幕降临，大约 5000 头牦牛、绵羊和马被赶进营地。这里没有围栏，牦牛被牛毛绳子栓着，绳子被固定在地上。绵羊朝着营地中间聚集，深夜狗被放出来。它们在帐篷外围奔跑，让牲畜一直圈在一起，让野兽远离畜群。整个晚上，这些凶猛的犬类低沉的吠声在寂静的夜晚发出回响，提醒陌生人，帐篷里是最安全的地方。有几次，一群藏獒离我们的帐篷如此近，我们差点认为它们是来攻击我们的，但它们跑开了并没有伤害我们。

第二天早上，我们启程继续前往玉科治所，那儿离我们还有整整30英里路。我们一直走到两条河流的分水岭地区，其中一条是观音河的源头，另一条穿越革什扎土司官寨，最终流进绒麦章谷①（Romi Chanku）。我们发现格胡都多（Gerhubdumdoh）垭口是我们翻过的最高的垭口，我们在山顶附近遭遇了一场暴风雪。

翻过垭口之后，我们在山的另一边看到了当地居民大量的牲畜。这些牧民似乎是10至15个家庭组成一组，聚居在一起。他们都住在自己黑色牦牛毛发做成的帐篷里。夜晚牦牛被带进来后，脚仍被绳子拴着。然后，许多人聚集在一起，大把地抓扯牛毛，直到把所有的长牛毛都拔掉。这些可怜的动物每被抓扯一次，就因疼痛吼叫一声。但

---

①今甘孜州丹巴。

玉科土司兄弟的露营地，前面是牦牛

玉科附近的温泉

是如果不用力抓扯,是无法一次性得到一大捧牛毛的。5点,我们在一场瓢泼大雨中抵达了玉科治所。在跨越流经寺院的河流时,我们险些被激流冲走。

　　最初,我们希望在寺庙里借宿,但没有成功,所以只能在瓢泼大雨中搭建我们的帐篷,在湿草地上铺床铺。我们艰难地找到一些柴火生火,做了一些食物。我们从早上开始就没有吃任何东西,还完成了长途跋涉。土司的喇嘛弟弟到另一个峡谷去向土司报告我们的到来,将我们已经到达的消息带给他。土司和他的牲畜在牧场上。他住在帐篷里,因为没有人提前报告他我们即将到来。他带上牲畜到了远牧点,因此我们只能等到第二天傍晚前后,他带着乌拉返回继续上路。

这位喇嘛阴沉着脸，如果不是因为革什扎土司派他的弟弟陪着我们，我们不可能享受到好的待遇。尽管我们遇见的其他土司辖区的人很友好，但我们在这儿做不了什么。

第二天早上，我们启程前往 30 英里外的道孚①（Dawo），同样行走在起伏的草地上。离开玉科治所后大约 2 英里的地方，我们路过了一处温泉，那里有男女混合浴池。在河流的对岸，我们看到一群有名的盗牛贼正带着他们的战利品回来。他们用长矛尖赶回来大约 200 头牦牛。这些牦牛将被赶往玉科土司的营地。当土司拿到他的份额后，他将豁免劫掠者，剩余的赃物也将属于劫掠者。

根据地图，这个地区在四川省境内，但是朝廷官吏如果想要通过这片高原，必须请护送同行，否则会被当作普通商人而遭遇抢劫。但也有一些人为了贸易而冒险进入这一地区。

旅途中夜幕降临，我们不得不在草原上扎营。第二天早上大约 8 点，我们抵达道孚，一座大型寺庙矗立在通往西藏北部的大道上。

---

①道孚，今四川省甘孜州道孚县。

第十章
两金川

康猫河与观音河在党坝交汇后几乎一路向南，流到绒麦章谷。这条河被称为大金或大金川。另一条名为小金或小金川的河流在章谷与之汇流，从绒麦章谷流到宁远府①（Ningyuenfu），这条河名叫大渡河（Tatuho）。从宁远府流到嘉定府②，该河流入雅江和岷江后被称为铜河（Tung）。这些都是当地名字，对旅行者和读者来说可能令人费解和困惑。除非这些地名都记在脑子里，否则会因为名字太多而不确定正横跨或正读到的是哪条河。

　　这里笔者将讲述一下这些河流称谓的来源，以及为什么会有这些称谓等，或许会令人感兴趣。

　　我们将回到河流的源头，然后顺着它们走下来。康猫是藏语名称，是指自康猫山即康猫高原起源的河流的一个分支。康猫山脉是两条河流的分水岭，一条为铜河，另一条是岷江在松潘附近被称为涪江。这条河穿过了上康猫、中康猫和下康猫的大草原和露营地。这三处在阿坝南边的斜坡上。接着，我们顺流穿过梭磨、卓克基和松岗，一直到该河与观音河的汇流处。观音河是松岗土司与绰斯甲土司领地的分界线。观音河是这两条河中最大最长的，也是大金川即铜河真正的源头。

---

①宁远府，管辖今四川攀西地区大部分区域。
②嘉定府，今乐山。

大金川河岸巴底的一处寺庙

它的一些支流起源于果洛克山脉的巴颜喀拉山（Baian Tukmu），黄河在巴颜喀拉山同长江分离开来。观音河这个名字起源于观音寺①（Kwanyin Cumba），观音寺位于观音河与康猫河交汇处西北方向约3天路程的观音河河岸。观音河的一条支流从达波（Dabo）山脉的北坡流下来，经过玉科的中心地带。我们顺着这条支流走了几天，几是在它的源头才跨过它。

我们现在必须返回绰斯甲，探寻大金川。从康猫河汇入观音河的

---

①今阿坝州金川县观音庙。

地方开始，这条河穿过一个富含砂金的山谷。大量贵重金属混着砂砾沿着这条河岸的水渠被冲刷出来，沉积到河边的浅滩上。河边淤泥的沉积足以使河流从之前的河道改道。小金川也有这种情况，大金川和小金川正是因河中富集砂金而得名。

绥靖①（Hsu Ching）是一个强大的军事前哨，也是大金川河谷最重要的小镇。汉人居住在沿河的绝大部分地区，他们为此牺牲了很多生命。乾隆年间，这片山谷发生了激烈的战斗。著名的土司索诺木王（Solo Wang）被征服。两个更南边的小土司巴底和巴旺仍然保留下他们世袭的土司制度。在那里，苯教自然崇拜的古老形式仍然存在，而且几乎是全民信教。佛教在这里还没有完全建立，但是它正在稳步传播。

小金川河谷只剩下唯一的一个小土司沃日（Ojen）或是鄂克什（Wokji）土司，这里仍然由世袭土司统治。其余地区由驻扎在懋功的官吏直接管辖。他们留用当地头人，称其为"百户长"和"千户长"（管理100户家庭的首领和管理1000户家庭的首领）。这些都是世袭的官职，也是旧土司制度的遗留。中央政府正尝试着在这整片区域和西藏广泛采用这种制度。现在的川滇边务大臣赵尔丰（Chaoerhfeng）或许能够推行这一政策，但是可能会遭到部分部族人的反抗。

当我和布鲁克先生正作如前一章所讲述的长途旅行时，米尔斯先生正行走在大金川和小金处的河谷地区。接下来，我将把米尔斯先生的叙述转述给读者。

我们决定由米尔斯先生与苦力带上行李向南走到汉藏交界地带，然后我们约好在章谷会合的时间。

米尔斯先生行走在肥沃的大金川河谷，穿过玉米地，一路风景如画。河岸繁花似锦，彩蝶翩跹，树木葱茏，羽毛艳丽的鹦鹉穿行其间。

---

①绥靖，今阿坝州金川县城。

布鲁克在阿坝

米尔斯先生抵达军事前哨绥靖时已经是晚上。绥靖的地方官吏很高兴见到他,邀请他共进晚餐。

米尔斯先生看到绥靖街上有大量的水果在售。当地因盛产梨子而闻名,每年深秋,当地人将梨子运到成都售卖,路上要18至20天。第二天中午,米尔斯先生继续顺流而下,到达另一个牛皮船渡口。由于河水涨潮,过河花了不少时间。

距离他们的目的地还有14英里,船夫自告奋勇,说只用一个小时就能载着米尔斯先生和他的翻译到达目的地,他们成交了。米尔斯先生和他的翻译坐在核桃壳形状的牛皮船底部,以大西洋游轮的速度飞驰而去。船夫半跪着用小桨努力驾驶这条皮船,使其远离大河中的岩石。牛皮船在水中忽沉忽浮,不停旋转。

他们冲过几处激流,最后来到一处有巨大的轰隆声和咆哮声的水域。船夫将牛皮船划到岸边,去查看发出轰鸣声的险滩。

起初,船夫认为不可能穿过这处激流,接着他说想试试,于是他们再次上船启程。当他们来到一处足有10英尺高的大浪处时,他们被抛向空中,然后在漩涡中团团转。这时,仿佛整个世界都在晃动,随后,他们消失在漩涡的窟窿中,浪花在犹如浴缸般的皮船周围起起伏伏。

此时,极度恐惧的护送捂着脸痛苦地哭叫着,船夫依然镇定地在急流中划桨。很快,他们又再次进入平稳的水域,他们继续向崇化①(Tsonghua)上游的一座大寺庙前进,从始发地到目的地,他们只用了45分钟。

去年笔者也有过相同的经历,对米尔斯先生所描述的关于乘坐牛皮船冒险的经历感同身受。

崇化也是一个军事前哨,这里所有的官员都拥有民事和军事权力。

---

①崇化,今阿坝州金川县安宁。

他们从崇化出发，翻越垭口前往懋功，这是这个地区最大最重要的小镇。武将在此驻扎，米尔斯先生希望把多余的行李和补给存放在懋功。

离开崇化后不久，他们向一座陡峭的大山进发，在瓢泼大雨中艰难地行进了一整天。晚上 7 点，他们抵达了牧人的小屋。在那里，他们借宿了一晚。

第二天早上，天还在下雨，但他们还是出发前往垭口，在 11 点时抵达了垭口。

一名地方官吏

尽管是 7 月中旬，山顶却积雪很厚，所有人都出现了明显的高原反应。这里垭口的海拔超过 16 000 英尺。大部分苦力都倒下了。为了不至于陷入困境，他们不得不雇佣一些采药人来背运行李。

大山另一侧的景色让他们眼前一亮，他们发现了大型的冰川河谷，青草如毯，繁花点缀其间。

山坡的上方有一层松软厚实的雪绒花地毯，上面生长着大片开得正艳的罂粟花，有红色的、黄色的和蓝色的；在山坡的下方，流星花、报春花以及许多不知名的鲜花争奇斗艳，竞相开放。

许多牧民的帐篷分散在这个山谷，一大群牦牛正在水草丰茂的牧场觅食。在牧场的下方，他们来到了一片林地，这非常罕见，通常，

布鲁克在阿坝

这个区域山上树木稀少。

米尔斯先生一行在大雨中抵达懋功，发现桥已经垮塌，只剩下一根圆木连接到对岸。他们克服了许多困难，最终跨过河流，并很快来到懋功街头。他们在那里找到一家客栈住下来，大街上能买到各类汉人的食物。

除了3个人外，他们付清了所有苦力的钱，并把行李堆放在官员的衙门里，然后出发前往章谷。章谷位于懋功西南方向，在大金川和小金川交汇处附近，需要经过一天艰难的跋涉才能到达。第一天他们没有遇到问题，但河水正快速上涨。接下来的两个站点，途中的大部分路都被河流淹没。攀登山谷里那些峭崖是不可能的，所以别无他法，只能小心地蹚过被河淹没的地方。蹚过冰冷的溪水不是一件容易的事，不仅脚下溪水冰凉刺骨，而且融化的雪水还在从周围的高山上不断流下、涌入。对负重的苦力来说，这是最艰难的任务。最后他们抵达章谷，一名男子拿着布鲁克先生的信，正等着他们的到来。信里说布鲁克先生将与我继续西行，要耽误几周才到章谷。米尔斯先生利用这段时间拜访大金川以西、章谷以北的巴底和巴旺。

他们沿着大河的右岸向上游行进10英里后，来到了巴旺土司治所所在地，这里也有一座大寺庙。巴旺土司的官寨在寺庙附近。

很快，米尔斯先生一行遭遇到一群喇嘛的袭击。他们试图与喇嘛套近乎，但是这些喇嘛变得更加生气，并开始朝他们扔石块。他们没与喇嘛争执，才得以艰难逃脱。

他们朝着巴底行进，路过苯教最有名的寺院，但是没能进入寺庙。据我目前所知，爱德加先生是唯一进过该寺庙的外国人。我去年路过这里的时候，寺院的住持也没允许我进入。米尔斯先生抵达土司官寨对岸的小镇，但是正值洪水期，河水汹涌，无法过河。虽然苯波教（Bonba）是土司倡导的教派，但是这里也有少数藏传佛教宁玛派、格鲁派的信徒，他们在苯教寺庙附近有一个寺院。

河岸边富含丰富的砂金，但是除了喇嘛，任何人都不能随便开采。这些砂金只能用来给寺庙屋顶镀金。如果他们捡到一个大的天然金块，会把金块埋到地下,并相信这样能够产出更多黄金。

从这里,米尔斯先生沿着走过的路返回懋功,途中有一块山上的巨石松动,由高处滚落而下,撞其他击岩石擦出一道道火花,直接横在了他们的面前。除此以外,他们没有遇到更多的险情。

米尔斯先生接着从懋功前往汗牛①(Hanniu)。他希望可以在汗牛与我们在返回途中会合。汗牛是一个小地方,隐匿在 10 000 英尺的群山之中。百户长负责管理当地群众。米尔斯先生在汗牛等了几日之后,没有听到我们的消息,于是返回了懋功。在那里,布鲁克先生先生的送信人赶上米尔斯先生,告诉他布鲁克先生已经到了懋功以南,距离懋功 3 天路程的两河口②(Lianghokou)。米尔斯先生回话说他在懋功等

---

① 今阿坝州小金县境内。
② 今阿坝州小金县境内。

犏牛

待。最终，布鲁克与米尔斯先生在懋功会合。

休息几天之后，布鲁克和米尔斯先生继续朝北前往杂谷脑。天气非常炎热，所有的玉米地都干旱缺水，等着下雨。

沿途每个地方的人都在敲锣打鼓，焚香祈求上天降雨。其实，如果他们能专心干几个小时的辛苦活儿，许多田地都可以被山坡上流下的溪水所灌溉。

沿着河岸可以看到许多废弃已久的淘金遗迹。就两河口而言，这里有大量的农耕地。一些汉人移居到山谷里，娶了当地人为妻。一个汉人用3先令一年的价格租了一座磨坊，娶了当地人做妻子。他在磨

虹桥山垭口

坊磨玉米的时候，把妻子派到山上挖中药材。布鲁克和米尔斯先生沿着右手边发源于虹桥山垭口的溪水走，在一个废弃的头人小屋里扎营一晚之后，第二天穿过垭口，在山的东坡上采药人的小屋里借住。他们走过垭口的那天在下雨，并没能看到他们所期待的景色。

又过了一天，他们到了两个月前我们走过的那条路，再经过两段平静的旅程抵达了杂谷脑。他们想休整几天，就在距离杂谷脑小镇有一段距离的河岸边扎营。

一些高大的核桃树提供荫庇，阻挡似火骄阳。他们得以在春季的阳光下清洗沐浴。他们洗了澡，然后清洗所有的衣服。他们让苦力们也这么做。这并不是一件容易的事，因为尽管在太阳下很热，这里的水还是冰冷刺骨的。不过只要有一个人做到了，其余的人也会纷纷效仿。

他们走过米尔斯先生5月狩猎扭角羚返回时经过的垭口，在盐泉附近扎营，希望能够再次遇见一只扭角羚，因为米尔斯先生非常想拍到一只活的。布鲁克先生花了两天两夜等待这些奇特的动物出现，但都是徒劳。这周围有许多足迹，但是扭角羚却无处可寻。他们换了个地方，布鲁克先生继续狩猎，而米尔斯先生把他的床铺搬到盐泉等着拍照。他等了3天却一无所获。第4天，雨下得很大。就在晚上，一条小溪从他扎营的岩石下方流过来。岩石被大雨松动，从陡峭的山坡上滚下来。天亮时，他收拾好湿漉漉的被子出发，抵达河边时发现那根横跨水面的圆木被冲走了。

米尔斯先生沿着激流向下艰难行走了一段距离之后，见到了出来找他的布鲁克先生。他们在小河上放倒一棵树以跨过激流。天下着雨，他们派了一位猎人回到杂谷脑取信件，自己则耐心等待。两天之后，猎人背着一大捆东西回来了，布鲁克和米尔斯先生冲向他，抓住那捆东西，希望找到期盼已久的信和报纸。他们迫不及待地打开包裹，然而发现除了腊肉什么都没有。寄给他们的信件送到了高守备处，但是高守备临时要出门，为了保管好信件，他便将信件锁在了柜子里。猎人享用了一顿饭菜后，再次返回杂谷脑取信件。两天之后，猎人背着

布鲁克在阿坝

一大捆信件返回。信件不少,需要一些时间来阅读。

　　经过几天坚守,他们对扭角羚的追寻仍然无果,最终他们返回成都,为他们南下穿越中国和印度的旅行做准备。他们希望在途中能够穿越热玛(Rema)和傈僳(Lisu)等民族地区。

后 记

女儿卓嘎，于1992年生于川西高原上的马尔康。她经历了不少大事，2004年小学毕业，因为我在美国哥伦比亚大学攻读硕士学位，她得以来到美国，在几乎没有英语基础的情况下开始在美国纽约IS145Q学校读七年级。2005年回国后，到汶川县威州中学读书，其间于2008年遭遇了"5·12"汶川特大地震。由于通讯中断，有三天时间我们没有得到她的任何消息，后来得知地震当时，女儿被强震摔倒在三楼宿舍楼梯口。由于地震，汶川威州中学的教学楼和学生宿舍成为危房，学校需要恢复重建，她无法在汶川继续读书，便辗转成都龙泉中学，又回到马尔康中学读高中。2010年高中毕业后，她考上二本。当时她希望留学，我们积极支持。经过努力，她考上加拿大渥太华大学。在渥太华大学留学期间，她只回国两次。女儿说是渥太华大学的学习任务非常重。渥太华的冬季非常寒冷和漫长。假期的时间她自己打工。2016年，女儿自加拿大渥太华大学本科毕业后回国。我建议她不要急着找工作，先翻译一本百年游记。

关于百年游记翻译，2009年我与干文清老师翻译出版了植物学家欧内斯特·亨利·威尔逊于1903年至1910年在川西北今汶川、茂县、松潘、小金等地的游记，取名《威尔逊在阿坝》；2010年我翻译出版了英国皇家地理学会第一位女会员伊莎贝拉·伯德于1896年在川西北今汶川、理县、马尔康的游记，取名《伊莎贝拉在阿坝》。这次我给卓嘎的建议是翻译英国人W. N. 福格森于1911年出版的《在青藏高原的探险、狩猎之旅》（Adventure, Sport and Travel on the Tibetan Steppes）的部分章节，特别是作者一行于1908年在川西北今汶川、理县、马尔康、金川、小金等地的旅行记录，中文取名为《布鲁克在阿坝》。

女儿用近一年的时间完成了十个章节的翻译，翻译中的主要问题在于地方知识、老地名、藏语音译等方面，我修改得并不多。女儿对这次翻译并不感兴趣，她觉得游记的内容没意思，觉得翻译也没有乐趣。还好，翻译没有半途而废。虽然她还没有意识到翻译百年游记的重要性，但是我相信将来她会得益于这次翻译，也一定会慢慢感受到百年游记的魅力。

《布鲁克在阿坝》由英国皇家地理学会会员、英国海外圣经公会传教士 W.N.福格森根据英国皇家地理学会会员、探险家约翰·威斯顿·布鲁克、C.H.米尔斯的日记，以及他本人的经历，讲述了一百年前三名英国人在川西北的狩猎、探险经历。该书反映了当时的社会、经济、历史、文化等方面的情况，具有重要的史料价值，特别是当时拍摄的关于人物、建筑、山川、动植物等老照片更是弥足珍贵。

该书的出版得到了四川省阿坝藏族羌族自治州文广新局的支持，为该书的出版提供相应的经费，在此表示衷心的感谢！

感谢我就读马尔康县中学时的班主任、著名作家阿来先生为该书写序。2004 年，阿来老师到访美国期间，在纽约送给卓嘎一本英文版的《尘埃落定》，并写道："卓嘎小老乡，你在纽约还好吗？"这句留言给了卓嘎莫大的鼓励，在此向老师表示诚挚的谢意！

关于注释及图片做如下说明，该书所有注释均为译者注。译稿中使用的部分图片根据内容在位置上进行了调整，取消了部分与文字内容没有直接关联的图片，同时增加了部分原著没有使用的图片。部分照片由英国皇家地理学会提供。[© Royal Geographical Society (with IBG)]

该书成书于一百年前，受限于作者所处的历史背景、固有的偏见等原因，书中某些观点有失偏颇，望广大读者辨析。

红音

2018 年 10 月